MONFORT

OU

COMME ON AIMAIT JADIS!

NOUVELLE.

Mantes,

IMPRIMERIE ET LIBRAIRIE DE A. L. FORCADE,

Rue Notre-Dame, 183.

MONFORT

OU

COMME ON AIMAIT JADIS!

NOUVELLE,

En Douze Chants, en Vers,

PAR

ED. DE FAVIÈRES.

1789

« Major è longinquo reverentia. »

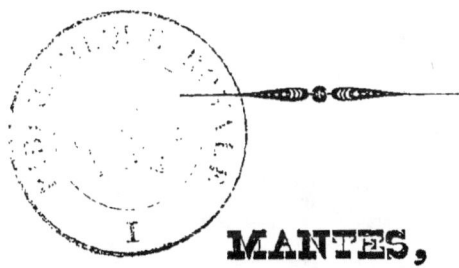

MANTES,

IMPRIMERIE ET LIBRAIRIE DE A. L. FORCADE.

1834.

A Madame M*** de B**

C'est à vous que j'ose dédier cet ouvrage, à vous, qui avez tant de moyens pour en créer de charmans. Riche de votre imagination, vous êtes trop défiante, vous vous obstinez à jouir seule de votre esprit, et vous ne songez pas que l'impar-

donnable défiance de votre talent coûte des sacrifices aux arts et à l'amitié. Je vous dénoncerai
quelque jour au tribunal d'Euterpe et de Po-
lymnie, vous que je ne nomme pas; mais que vos
amis devineront.

C'est loin de mon amie que j'ai composé
cette Nouvelle; vous l'avez lue la première: vos
conseils et vos réflexions, toujours justes, ont ra-
nimé mon courage, et j'ai tâché de réparer mes
fautes.

Puissiez-vous, en lisant mes vers, être tentée de
me faire oublier! Prenez la plume ou le Luth;
on éprouvera autant de plaisir à vous lire qu'à
vous entendre.

Ed. de Favières.

J'achevais de lire le Fabliau de *Parthenopex de Blois*, traduit par M. *le Grand d'Aussi*; une situation assez piquante m'avait singulièrement frappé, et je conçus le projet de la placer dans le premier chant de cette nouvelle que j'offre au lecteur; les autres chants sont de mon invention; je m'empresse de faire cet aveu, pour que les traits de la critique ne tombent que sur moi seul.

Avant d'être jugé par mes lecteurs, si j'ai la gloire d'en rencontrer; je veux me juger moi-même aux réflexions que je prévois d'avance : dans la crise politique actuelle, je dois opposer mes excuses sur certains rapprochemens ; j'ose espérer qu'elles paraîtront légitimes.

J'ai commencé cette légère Nouvelle en 1789, à l'époque du début de la Révolution française. Témoin alors de la lutte entre les deux partis, j'ai pu risquer quelques strophes ayant rapport aux troubles dont j'étais observateur; l'époque de ma Nouvelle remontant aux premiers jours de la monarchie, où la France était divisée en plusieurs souverainetés, j'étais libre d'improviser un royaume à ma fantaisie, et je me suis permis de créer un roi de Picardie et un roi d'Artois, comme depuis, il a existé des monarques d'Austrasie et d'Aquitaine. Une Nouvelle n'est pas une histoire, et l'auteur peut donner à son imagination, entière latitude ; j'ai usé du privilége d'après le précepte d'Horace.

« *Pictoribus atque Poetis,*
« *Quidlibet audendi semper fuit æqua potestas.....*

Comme la féodalité existait alors avec tout son despotisme ; j'ai pu me permettre de la présenter avec tout son pouvoir et ses abus. Les vassaux des grands fiefs étaient attachés à la glèbe, à peu près esclaves, et pour me servir de la phrase d'un certain Contrôleur Général qui regardait le peuple français.... « Peuple serf, taillable et cor- » véable à merci et miséricorde. »

Le Vassal, qu'on désignait alors par l'épithète de *Vilain*, était obligé de se soumettre aux lois de son Seigneur, telles dures qu'elles fussent ; d'acquitter les cens et redevances qu'il plaisait au suzerain de lui imposer. Le droit de *Jam-bage*, de *Marquette* et de *Prélibation* était celui auquel les hauts Barons attachaient le plus de prix. On conçoit que ce droit devait finir par amener une révolte générale : les Picards se levèrent tous en masse pour se soustraire à l'obligation de l'acquitter; et j'avoue, qu'alors, *l'insurrection pouvait être le plus saint des devoirs.* Il était dur pour un jeune fiancé de voir qu'on lui soufflait le privilége de coucher avec sa femme la première nuit de son mariage, et de livrer la virginité de son épouse au seigneur suzerain, parce que n'étant que son humble vassal, il n'avait pas l'honneur d'être comte ou baron comme son remplaçant.

Cette coutume barbare m'a fourni le sujet de quelques épisodes qui prouveront que les mœurs du bon vieux tems n'étaient pas d'une grande pureté, quoique certains vieillards les préconisent.

Écrivant cette nouvelle dans le genre du

Roland de l'Arioste, dont j'aurais désiré réunir l'esprit et le talent, j'ai pu prendre quelques licences et faire voyager mon Damoisel comme *Astophe* sur l'hypocrife, ou la reine de Babylone sur son oiseau; citer des monastères et des chapitres qui n'ont été établis que cinq ou six cents ans plus tard, et prêter aux anciennes Cours cette fleur de galanterie, que l'on n'a connue que sous le règne de Louis XIV; enfin citer l'hospitalité offerte à mon Damoisel, avec une générosité, une complaisance, qui pourra surprendre aujourd'hui, mais qui était dans les mœurs d'alors, et que j'ai tâché d'offrir à mon lecteur de la manière la plus chaste et la plus légitime; aussi je demande grâce d'avance pour l'épisode d'*Elmonde* et d'*Olivier* dans le 8.eme chant.

Je dois aussi réclamer l'indulgence pour un bal où figurent des chanoinesses; j'ai cité mes

autorités dans la huitième note du 11ᵉᵐᵉ chant:
elle est historique.

Enfin pour dernier aveu de mes torts, j'annonce dans le premier chant une Nouvelle gothique, et je n'ai point imité le style de *Faydit* ni de *Guillaume de Lorris*. J'ai adopté un style plus moderne, mais j'ai respecté les usages du vieux tems ; j'ai tâché de rendre mon héros principal le moins ennuyeux possible, et si j'en ai fait un céladon un peu langoureux auprès de sa douce amie; au moins on me rendra la justice, que sur le champ de bataille, il se montre en véritable chevalier français.

Je livre ce Fabliau à l'indulgence du lecteur. J'ai passé quarante ans de ma vie à le composer, je l'ai quitté par caprice et repris de même, il est le fruit de mes loisirs; puisse-t-il amuser quelquefois ceux qui auront le courage de le lire ; je me dévoue à leur critique avec l'espoir qu'elle ne sera pas trop sévère pour un ouvrage aussi léger, et que la masse de douze chants n'effraiera pas trop leur patience.

MONFORT

ou

COMME ON AIMAIT JADIS!

Chant premier.

ARGUMENT.

Exorde : Roricon, roi de Picardie. Origine du droit de jambage ; Monfort, fils de Roricon ; portrait du jeune Damoisel ;
il chasse dans la forêt de Péronne ; il se perd ; une gondole le
conduit chez Algonde, comtesse de Flandre ; accueil mystérieux qu'il y reçoit ; nuit singulière ; entretien du Damoisel et
de la souveraine dans l'obscurité ; aveu que la dame fait au
jeune Paladin ; liaison, engagement de part et d'autre ; serment exigé par Algonde ; le Damoisel s'y résigne, conditions,
gage d'amour, séparation.

> Du bon vieux tems, vous qui goûtez les mœurs,
> Mes chers amis, dont je connais les cœurs
> Qui, fatigués des troubles de nos villes,
> Vous isolez philosophiquement
> Dans ce châtel, où nous vivons tranquilles,
> Où nous parlons du passé librement,

1

Loin des partis et des guerres civiles,
Déjà l'hiver s'annonce avec rigueur,
Je veux du moins abréger sa longueur,
En vous contant une anecdote antique
Que j'exhumais d'un fabliau gothique;
1　Lorsque, à Paris, des orateurs fougueux,
Pour exalter un peuple pacifique,
Criaient bien haut qu'il était malheureux !

　　Nous passerons ensemble une soirée
Au coin du feu, bravant le froid Borée,
Nous attendrons que le mois des beaux jours
Dans nos bosquets ramène les amours,
Et que de fleurs la terre soit parée,...
Les soirs d'hiver, entre amis, sont plus courts.

2　　Ne craignez pas qu'imitant *Artamène*,
Ou *Cléopâtre* ou *Cyrus*, dans mon plan,
Avec lenteur, je file mon roman.
Rapidement faisant marcher la scène,
Douce folie animera ma veine,
Et mon héros dès la première nuit,
Commencera comme un autre finit.

　　Pégase, allons sois aujourd'hui mon guide,
Précipitant ton allure rapide,
Transporte-moi loin des murs de Paris,
Gentil coursier, à toi je m'abandonne,
Arrête-toi pour début, à Péronne

Puisse ma muse y trouver des amis.

Dans ce pays que l'Oise fertilise,
Au tems jadis régnaient des souverains,
Bons ou méchans, le hasard, à sa guise,
Donne des rois aux vulgaires humains;
Nés courageux, les uns aiment la guerre,
D'autres le sexe, au autre aime l'argent,
Nos premiers rois, qui ne se battaient guère,
Dans leurs palais vivaient indolemment.....
Gui Roricon, premier roi de Péronne,
A nos vieux rois en tout point ressemblait,
S'occupait peu, buvait, mangeait, chassait,
Et, sans honneur, il portait sa couronne,
3   Comme quelquefois plus d'un grand prince a fait.
Depuis long-tems Roricon s'ennuyait,
Ses cheveux blancs effarouchaient les belles,
Qui l'évitaient.... le sire, humilié,
D'être à la Cour, à peu près oublié,
Et de ne voir partout que des cruelles,
Imagina certain droit du Seigneur,
Par un édit, qui va vous faire horreur,
Le suzerain devait cueillir la fleur
De sa vassale, au jour du mariage,
On appelait ce droit... Droit de jambage.

Peut-être, on croit qu'il était suffisant
Pour un roi mûr? point du tout, ce brigand

Allait encore dans le sein des familles
Porter le trouble, y caressait les filles,
Les enlevait, quand un peu de beauté
Donnait l'éveil à sa lubricité,
De son trésor prodiguant les finances,
Il se moquait des justes remontrances
D'un confesseur.... avide de jouir,
Il répondait, *tel est notre plaisir....*

Le Ciel daigna consoler la province
Qui commençait à murmurer très-fort,
De son hymen, Roricon eut un prince,
TITUS semblait renaître dans MONFORT,
Mille vertus formaient son apanage,
A GALAOR [1], enfin il ressemblait,
Pour sa beauté partout on le citait,
Mais on vantait son bon cœur davantage,
De l'artisan, du pauvre laboureur,
Il visitait la modeste chaumière,
Cachant son nom, son rang et sa splendeur,
L'infortuné trouvait en lui son frère,
Poursuivait-il le cerf au fond des bois,
Bravant l'hiver, et la glace et la neige,
Il s'éloignait souvent de son cortège
Pour s'arrêter chez l'humble villageois,
Là, sans fierté, sans crainte, sous le chaume,

---

[1] Personnage charmant du Fabliau d'Amadis du comte de Tressan.

Paisiblement l'héritier du royaume
Passait la nuit, gardé par ses sujets,
On dort si bien quand le cœur est en paix !

Accompagné des grands de la Province,
Un certain soir, le très-aimable prince
Chassait le daim, mais, toujours emporté
Par son ardeur, par sa vivacité,
Dans la forêt Monseigneur s'abandonne
La nuit le gagne, il ne voit plus personne,
Le voilà seul et tout-à-fait perdu,
Mourant de faim, de fatigue rendu,
Il se résigne, et de sa main légère,
S'arrange un lit avec de la fougère,
5   Se couche et dort, ainsi le bon HENRI
Vers Lieursain fût trouvé par SULLY,
  [1] O bon HENRI, toi, le meilleur des princes !
Qui, par l'amour, regagnas tes provinces,
6   Quoique un sénat, qui nous fit bien du mal,
Ait à la fonte envoyé ton cheval,
Et ta statue, oui, le français t'adore,
Sur le pont-neuf enfin tu reparais !
Et ton image, effaçant nos regrets,

---

  [1] Cette strophe a été ajoutée depuis, en 1815; je l'avais composée en
1789, changée en 1793; elle finissait alors ainsi :
            » Sur le Pont-Neuf aucun ne passera
        Sans s'écrier : *Ce bon Prince était là*....
        Le socle est vide et l'œil l'y voit encore.

D'un siècle heureux nous annonce l'aurore.

Le jour se lève, et sur son destrier
Monfort s'élance, il pique le coursier,
Va, vient, se perd, change vingt fois de route,
De tems en tems il s'arrête, il écoute,
Pour s'assurer de quel endroit partait
Le son d'un cor que l'écho répétait,
Mais il faiblit s'égarant dans l'espace,
Notre actéon des chasseurs perd la trace,
Vers une étoile il pousse son cheval,
Ardent, fougueux, l'indocile animal,
S'emporte, emmène au loin son jeune guide,
S'arrête, court sur le bord d'un canal,....

De tous côtés portant un œil avide,
Il voit enfin sur l'élément humide
Une gondole, elle cingle vers lui,
S'arrête... « Allons, dit le prince ravi,
» Profitons-en, » Sur le pont il s'élance.

Soudain la nef mollement se balance,
Quitte la rive et sillonne les flots,
Monfort s'adresse à l'un des matelots,
Qui manœuvraient dans un profond silence,...
« Où sommes-nous, mes amis ? parlez donc,
» Me menez-vous chez le roi Roricon ?....
Au Damoisel, nul d'eux n'en pût rien dire,
Tous sont muets, sur le tillac, soudain,

S'offre à ses yeux un joli petit nain ,
Qui, sans parler, vient s'emparer du sire ,
Vers le grand mât l'entraîne , et lui fait lire
Sur un écu , ces mots en or écrits :
L'amour t'appelle , à sa voix obéis ,....

   A dix-huit ans, un aussi doux présage
Doit engager à poursuivre un voyage.
« L'amour t'appelle ! applaudis-toi Monfort ,
« C'est trop heureux !.. Près d'un palais magique
L'esquif aborde , un jeune écuyer sort ,
Vient recevoir sous le vaste portique
Le Damoisel , lui sert d'introducteur,
Dans le palais installe Monseigneur,
Sans dire mot , le salue et s'échappe.

   A peine est-il parti , que d'une trappe ,
Sort une table, où mille fruits divers ,
Gibiers, poissons, des étangs et des mers ,
Appaiseront la faim du jeune sire.
L'architriclin poliment vient lui dire
Qu'il est servi , sur un léger clin d'œil
Douze valets entournent son fauteuil,

   Le Damoisel à table prend séance,
Il y répare une longue abstinence ,
N'épargne pas le faisan, l'esturgeon ,
Surtout la truffe, à la couleur d'ébène ,
Un mets pareil est toujours de saison,

Lorsque à souper femme attend un garçon,
J'ai même appris, grâce à Michel *Sédaine*, [1]
Qu'on en servait amplement chez Cypris,
Quand la déesse invitait *Adonis*.

Un peu lesté, Monfort dit à l'oreille
De l'échanson, « ne pourrai-je savoir
» Quel haut baron daigne me recevoir ? —
» C'est une femme, — est-elle jeune ou vieille ?
» N'aurai-je pas le bonheur de la voir ?

Le confident garde un profond silence,
Monfort en vain redouble son instance,
Pas de réponse,... le sire, avec humeur,
Quitte la table et dit : « Dame ou seigneur,
» J'ai dans les bois passé la nuit dernière,
» Quelque repos me serait nécessaire,
» Quand du souper on prend autant de soin,
» On doit avoir un lit prêt au besoin ?

Un des valets prend alors sur la table
Lampe de nuit, d'un travail admirable,
Conduit Monfort dans un appartement
Très-décoré, du goût le plus galant.

Le bleu, le verd, le burgos, la dorure,
Des beaux lambris rehaussent la sculpture,
Sur un gradin des vases pleins de fleurs,
Font ressortir leurs brillantes couleurs,

---

[1] Dans son opéra des Femmes vengées.

L'œil étonné distingue vingt statues ;
Flore, Vénus, les Grâces demi-nues,
Un groupe enfin, d'un travail recherché,
Offre l'amour reconnu par *Psyché*,
Près de ce groupe, étonné, dans l'ivresse,
Le Damoisel passe et revient sans cesse.
Cette Psyché, dont l'ensemble est parfait,
Offrirait-elle à ses yeux le portrait
De l'invisible et noble souveraine,
Vers qui son cœur sent que l'amour l'entraîne !
Déjà séduit par un charme secret,
Monfort soupire et s'éloigne à regret.
Sous un alcôve, un voile qui s'entr'ouvre
Au Damoisel, dans l'extase, découvre
Un fort beau lit, quatre lestes zéphirs
Le soutenant sur leurs ailes légères,
Paraissent dire, aux amoureux mystères,
Est destiné ce trône des plaisirs ;
Un jeune amour, qu'au sommet de la couche
Plaça l'artiste, à la main sur les yeux
Pour ne rien voir de trop voluptueux.
Plus loin un autre a le doigt sur la bouche,
Pour inviter à se montrer discret.
Faveurs d'amour doivent être un secret.
Un cigne d'or dont les brillantes aîles,
Avec orgueil semblent se déployer,
Sert de soutien au plus doux oreiller,

Qu'à double rang encadrent les dentelles ,
Que vers ce tems à Bruge on inventa.
Ce bel oiseau , qui séduisit *Léda* ,
Baissant le col , l'arrondit avec grâce ,
Tient dans son bec , qu'il est prêt d'entr'ouvrir ,
Une couronne , où le myrte s'enlace ,
Avec la rose , et qu'il faut conquérir.
Des parfums purs que donne l'Arabie
La douce odeur s'épand de tous côtés ,
On trouve enfin dans ces lieux enchantés
L'art et le goût , il n'y faut qu'une amie.

Le Damoisel que le sommeil poursuit
A grand besoin de réparer sa nuit ,
Un doux pavot pèse sur sa paupière ,
Elle se ferme , il a peine à l'ouvrir ,
» Dans pareil lit comme on doit bien dormir !
» Profitons-en... le fanal qui l'éclaire
Faiblit , s'éteint , une main fort légère ,
Qu'il ne voit pas , défait ses éperons
Et son manteau , détache sa ceinture ,
En un clin d'œil enlève son armure ,
A le servir , pages seraient moins prompts.
Puis l'enlevant , un varlet invisible ,
Dans ce grand lit porte le voyageur ,
Pour qui la scène est incompréhensible ,
Et qui s'écrie ; « est-ce un piège ? une erreur !

Mais ces tensons qu'une voix fort sensible
Chante avec goût, dissipent sa frayeur.

ROMANCE

PREMIER TENSON.

» Bon chevalier, qu'ici l'amour amène,
» Ne craignez pas funeste enchantement,
» Jeune beauté, dans ces lieux souveraine,
» Préviendra vos désirs comme ceux d'un amant.

2ᵉ

» Elle est puissante encor plus qu'elle est belle,
» Nombreux sujets sont soumis à ses lois,
» Mais par l'amour vous régnerez sur elle,
» Et jouirez d'un sort qu'ont envié les Rois.

3ᵉ

» Sur un seul point votre bonheur se fonde,
» Soyez discret, mystère et loyauté,
» Mériteront qu'à vos vœux on réponde,
» Mais, Français, gardez-vous de leur légèreté.

Cette romance, et cette voix touchante,
Semble promettre une intrigue piquante,
Le Damoisel entend un léger bruit,
Se rappelant, et l'aimable horoscope,
Et le bonheur, par la chanson prédit,
De son manteau le sire s'enveloppe,
Le mieux qu'il peut, quoique, jadis au lit,
Nos bons aïeux, lestes sur le costume,

Couchassent nus, car c'était la coutume ; [1]
Le Damoisel est un peu plus décent,
Du lit d'honneur lestement il descend,
Et vers la porte il dérige sa route,
A tout hasard,.. alors qu'on n'y voit goutte,
Il faut tâter,... en avançant sa main
Touche une femme, il dit ces mots enfin :

« Pardonnez-moi, si... d'une voix sévère
On l'interrompt.... — Quel est ce téméraire
» Assez hardi pour venir en ces lieux ? —
» — Je ne suis point un jeune audacieux,
» Mais un amant capable de constance,
» Discret surtout... — O ciel ! quelle insolence !
» Un amant, traître ! hé que prétendez-vous ?—
» — Me résigner, désarmer la vengeance,
» Si j'ai commis une grande imprudence,
» Pardon,.. déçu par l'espoir le plus doux,
» De ce palais l'aimable souveraine
» Me promettait, sans s'offrir à mes yeux,
» De m'y fixer par la plus douce chaîne,
» Et m'annonçait le sort le plus heureux.
» Par ma conduite et ma valeur insigne,

---

[1] Dans le commencement de la monarchie, on couchait nu et même sans chemise, à ce que nous assure M. le Grand d'Aussi, dans son ouvrage sur les *Tabliaux*. Cette coutume existait encore du temps de Louis XI. On peut vérifier le fait dans les pièces de son procès de séparation avec *Jeanne de Savoie*, on y lira ces mots : Nudus cum nuda.

» De ses bontés je me montrerai digne ;

» Vaillant, sensible, et chevalier français

» Je veux bientôt prouver par mes hauts faits..—

— » Crois-moi, renonce à cet espoir stérile,

» Jeune insensé, tu t'abuses... jamais....

» Parle, qui t'a conduit dans ce palais ? —

— » De l'expliquer il serait difficile ;

» Mais à juger par les soins prévenans

» Qu'on eut de moi, par les tendres accens,

» De cette voix, qu'ici, je viens d'entendre,

» D'un doux espoir je ne peux me défendre,

» Ce rêve aimable et si cher pour mon cœur !

» Ne sera-t-il pour Monfort qu'une erreur ?

» Parlez de grâce ?—Eh bien, je vais t'apprendre,

» Ce que je suis, je commande à la Flandre,

» J'y règne enfin, unie aux plus grands rois,

» Cent hauts barons sont soumis à mes lois,

» Je peux d'un mot disposer de ta vie ;

» Tu vas mourir, jeune homme audacieux, —

» Si dans l'instant, tu ne sors de ces lieux. —

— » Vous obéir est mon unique envie ;

» Mais à présent, comment sortir ? la nuit

» Est très-obscure, et ce palais immense,

» Je me perdrai, si, malgré ma prudence,

» Mes pas discrets, on entend quelque bruit,

» Que croira-t-on ? — Venez en assurance,

» Hors du palais je guiderai vos pas,

» Vers une issue, — hélas ! on n'y voit pas. —
— » Obéissez, suivez moi, je l'ordonne ; —
— » Eh bien, madame, à vous je m'abandonne ;
» Entraînez donc loin de ce beau séjour
» Un chevalier, mourant pour vous d'amour ;
» Trop imprudent, excusable peut-être,
» Les accens purs de cette douce voix,
» Sur votre esclave ont commencé vos droits,
» Et, sous le charme enfin, sans vous connaître,
» J'aime aujourd'hui pour la première fois....
» *J'aime,* » ce mot, l'inconnu le prononce
Si tendrement, qu'il reste sans réponse.
Pour emmener le jeune paladin,
Sans lui parler, on le prend par la main,
Mais on frissonne, et tout bas on soupire,
Hors du palais, on voudrait l'éconduire ;
Mais la pitié du projet est l'écueil,
Et l'on faiblit déjà, pour le conduire,
On fait deux pas... on accroche un fauteuil,...
« Est-ce quelqu'un ?... » le plus profond silence
Règne partout... de nouveau l'on s'avance ;
Quand de la porte on croit toucher le seuil,
On se détourne alors avec prudence,
Bref, on s'arrête au milieu du chemin,
Et séchement on dit au paladin :
« Puisqu'il le faut, restez jusqu'au matin,
» Sur ce sopha, je consens à l'attendre,...

» Mais loin de moi, placez-vous, je le veux,
» Gardez-vous bien d'oser rien entreprendre,
» Dormez... Dormir! auprès de vous? grandsdieux!

On sent déjà l'effet que dût produire
Le compliment, la dame, sans rien dire,
S'installe... baille, étend ses deux beaux bras,
Et s'assoupit, s'endort, ou ne dort pas ;
Plus rassuré déjà par son silence,
Se rapprochant, marchant avec prudence,
Pour éviter de faire trop de bruit,
Sur le sopha le sire s'établit,
Près de la dame, il soupire et lui dit :...

« Daignerez-vous me pardonner, Madame ? »
C'est vainement que le sire réclame
Une réponse... On se tait, il reprend
Son dialogue un peu plus vivement.
« Eh quoi, mon sort n'a donc rien qui vous touche?
» Je n'entends point sortir de votre bouche
» Mon doux pardon ?... ne m'est-il plus permis
» De l'espérer ?.. pourtant il fut promis ;
» Rappelez-vous cette tendre romance
» Dont chaque mot est présent à mon cœur.
» Où vous disiez : *qu'amour pur et constance*
» Seraient pour moi le garant du bonheur,
» Pour quel motif vous montrer si sévère ?—
On ne dit mot... « Eh bien, oui, je revère

» Vos volontés... sans attendre le jour,
» Je fuirai loin de ce charmant séjour...
» Ah ! ce silence est pour moi plus funeste
» Que la menace,.... il faut vous obéir,
» Nous séparer, adieu... faut-il partir ?
» Ou souffrez-vous qu'en ce palais je reste ?
» Je peux rester ?.. Oui, vous le voulez bien,
» N'est-il pas vrai ? la dame ne dit rien.

Le Damoisel désespéré, soupçonne
Qu'elle est partie, il avance la main
Pour s'assurer,.. qu'effleure-t-il ? un sein !
De volupté, de désir, il frissonne,
On ne dit mot, il attend quel effet
Aura produit ce toucher indiscret.
Tout comme lui la voisine se tait,
Le sire étend encore sa main timide,
Même hasard heureusement le guide,
Pour suppléer du moins à l'entretien,
Il prend la main, que dans la sienne on laisse,
Qu'il sent frémir, que tendrement il presse,
Hélas ! c'est tout, la dame ne dit rien.

Monfort bénit ce rigoureux silence,
Et devenu cette fois plus hardi
Sans toutefois manquer à la décence,
Il baise un bras, par l'amour arrondi ;
De ce qu'il fait, point on ne s'effarouche,

Sa main voyage, effleure les cheveux,
Innocemment il badine avec eux,
Prend une boucle et la porte à sa bouche,
Puis la replace, il s'approche un peu plus,
De la discrète, il l'entend qui soupire,
S'approche enfin de si près qu'il aspire
Sa douce haleine, ô raison? ton empire
Et tes conseils deviendront superflus !
Résiste-t-on, quand si fort on s'expose,
Enfin Monfort sur deux lèvres de rose,
Prend ce baiser, le plus doux pour l'amant,
Et que la dame excuse, apparemment,
Car du pardon son silence est garant.

Monfort éprouve un trouble qu'il ignore,
Il est dans l'âge, où, tant douce faveur,
Loin d'apaiser une amoureuse ardeur,
Semble à nos feux ajouter plus encore,
Un désir meurt, mais un autre renaît ;
Lorsqu'en amour le premier pas est fait,
On veut étendre encor plus sa victoire,
Le dieu d'amour tient du dieu de la gloire ;
Plus il obtient, moins il est satisfait,
Fier du baiser qu'on lui permit de prendre,
Le Jouvencel, n'écoutant que son cœur,
Ose exiger la dernière faveur,
Il est pressant, mais sa voix est si tendre !

Ses gestes sont un peu plus hasardés,
Et ses larcins beaucoup plus décidés;
Il est bien tems alors de se défendre,
La dame enfin veut parler... De mes lois...—
Un doux baiser intercepte sa voix,
Puis un second... il a tant d'éloquence !
Que la rigueur bientôt s'évanouit,
Le sentiment fait pardonner l'offense,
L'amour enfin, dans cette heureuse nuit,
Vit des deux parts le même sacrifice,
Aux doux combats Monfort était novice,
A la beauté, qui déjà le chérit,
[1] *Fleur il donna, comme fleur il lui prit.*
L'amour est là qui tresse une couronne,
A chaque prix que remporte l'amant;
Dans ses calculs il se brouille, il s'étonne,
Ne compte plus,.. Monfort est étonnant !
Il est heureux... il voudrait l'être encore.

Tandis qu'en Dieu le mortel agissait,
La nuit, hélas ! dans sa course avançait;
Avec chagrin, au retour de l'aurore,
La dame sait qu'il faudra s'en aller,
A son vainqueur il est tems de parler.
Saisissant donc l'entr'acte d'un hommage,
Au Damoisel elle tient ce langage.

[1] Phrase essentielle du Fabliau.

« Aimable époux que mon cœur a choisi, —
— » Qu'entends-je ! ô ciel ! moi, dit l'amant ravi,
» Moi ! votre époux !.. ô trop heureux présage !..
» Ce titre cher... — « est le tien aujourd'hui,
» Oui, pour régir cette belle province,
» Le vœu du peuple était de voir un prince
» S'unir à moi ; j'hésitais sur mon choix,
» On annonçait à Péronne un tournois,
» Sans me nommer, je risquai d'y paraître,
» Là, je t'ai vu pour la première fois,
» Et dans *Monfort*, *Algonde* vit son maitre ;
» Pour t'amener en ce brillant palais,
» Mon sénéchal a servi mes projets,
» Ne tente pas encor de me connaître,
» Je t'appartiens ; mais, jusqu'au jour heureux,
» Où j'avourai mes chaînes fortunées ,
» Songe qu'il doit s'écouler deux années,
» Que je dois être invisible à tes yeux... —
— » Ce sacrifice est pour moi trop pénible , —
— » Non, à l'amour tout effort est possible.
» Tel rigoureux que paraisse un serment,
» Peut-il coûter au cœur d'un tendre amant ?
» Sûr d'être aimé, d'être époux et de plaire,
» Mon doux ami, pendant deux ans, promets
» De n'employer aucuns moyens secrets,
» Pour parvenir à connaître mes traits,
» Sur nos liens, jure moi de te taire,

» Fais pour Algonde en cette occasion,
» Ce que, jadis, a fait Endimion ;
» Si, loin du bruit et d'un monde profane,
» Au sacrifice, ainsi que toi réduit,
» Il attendait le retour de la nuit,
» Pour s'oublier dans les bras de Diane,
» Suis son exemple, et loin de ce séjour
» Fuis les regards curieux de ma Cour ;
» Voilà mon chiffre en rubis, prends-le, et jure
» Que désormais il sera ta parure.
» Lorsque la nuit remplacera le jour,
» Je reviendrai près de celui que j'aime,
» Et déposant l'orgueil du diadème,
» L'amour s'engage à consoler l'amour ».

Le Damoisel promet ce qu'on exige,
A ne rien voir, ne rien dire, il s'oblige ;
Mais il a soin, pour se dédommager,
De consacrer par un nouveau prodige
Les doux liens qui doivent l'engager,
Puis il s'endort, en répétant encore :
» Ma chère Algonde... à jamais je t'adore.. —
Il reposait, tout aux plus doux pensers
Lui prodiguant les plus tendres baisers,
Avec douleur, Algonde voit l'aurore
Qui, des adieux vient marquer le moment,
De ce boudoir elle sort doucement,
Et va gagner un autre appartement.

Dans le sommeil la fatigue la plonge ;
9 Mais Phobœtor, par un aimable songe
Plus d'une fois offre à son souvenir,
Ce doux ami, que je crois téméraire,
Car le serment que sa bouche a su faire ,
Sera plus tard, difficile à tenir.

FIN DU PREMIER CHANT.

Chant Deuxième.

ARGUMENT.

Seconde nuit. Monfort rejoint Algonde ; Clodoër, roi d'Artois aspire à s'emparer des états de Roricon ; Albert, son ministre fomente une révolution et profite de l'établissement du droit de jambage pour soulever les esprits ; Roger, un des seigneurs de la cour de Roricon est du complot ; il soulève les paysans. Une révolte générale est sur le point d'éclater ; le sénéchal d'Albon se rend à Lille, instruit la comtesse de Flandre du mariage d'Aloïse, sa fille, ceinture que la comtesse donne à la jeune fiancée ; les vassaux de Roger se préparent à descendre sur Péronne et détrôner Roricon ; l'arrivée de Monfort déjoue le projet, les habitans se soumettent.

Qu'un rendez-vous chez la femme qu'on aime
Est précieux !.. qu'on est impatient !
Comme le cœur hâte ce doux moment !
L'attente alors vaut le plaisir lui-même,
Il vient enfin ce moment désiré !
Mais de l'éclair qui sillonne la nue,
En un instant, brille, échappe à la vue,
Las ! nos plaisirs ont la rapidité.

Le cher lecteur sans doute se rappelle
Que pour souscrire aux ordres de sa belle,

Dans son palais, mon loyal chevalier
Ne doit venir qu'à l'heure où la nuit sombre
Voile la terre et le ciel de son ombre,
Seul, un amant pourrait-il s'ennuyer ?
Au fond d'un bois, promenant ses pensées,
Ses rêves doux, ses tendres souvenirs,
Et ranimant ses forces épuisées,
C'est par l'espoir qu'il berce ses désirs.
Là, pour calmer sa vive impatience,
1   Amant, poëte, il chante une romance.

ROMANCE.

« Je m'abandonne aux regrets, aux tourmens,
» Je m'entretiens de mes peines cruelles ;
» Nuit désirée, en vain, je vous attends,
» Ah ! je le vois, pour les tendres amans,
» Le tems se traîne, il n'a point d'ailes.

2ᵉ

» Faudra-t-il donc soupirer tout le jour,
» D'être si loin de la belle des belles !
» Ah ! près de moi quelle soit de retour,
» Nous fixerons le tems comme l'amour,
» Et tous les deux n'auront plus d'ailes.

3ᵉ

» Mais le jour fuit, l'étoile du berger
» Est le signal pour les amans fidèles,
» Dans mes liens je vais me rengager,..
» O douce nuit ! daigne te prolonger,
» Ne reprends pas sitôt tes ailes.

Quittant alors son luth et ses couplets,
Le Damoisel regagne le palais;
Il court, il vole, il effleure la terre,
Sourd et muet, un joli petit nain
Conduit Monfort par l'obscur souterrain
Vers cette alcôve, asile du mystère,
Puis il s'échappe en soufflant la lumière.

Le Damoisel à peine est arrivé,
Qu'il reconnaît les pas de son amante,
C'est elle! oh oui, sa marche est si prudente
Que le parquet à peine est effleuré,
C'est son amie! enfin, ils sont ensemble!...

Tel qui me lit, aisément, ce me semble,
Doit soupçonner ce qui se passera;
Aussi l'auteur prudemment se taira,
Et vers Arras il se transportera.
De l'Hippogriffe il a pris la monture,
Coursier léger, sous Astolphe, jadis,
Il a couru lestement le pays,
De ce coursier j'implore donc l'allure,
Sans embarras on voyage dans l'air,
Je pars, lecteur, suis moi chez Clodoër.

Ce Clodoër, souverain assez mince,
Humilié d'être un fort petit prince,
Et de régner seulement sur l'Artois,

e Roricon, convoitait la Province ;
'ambition est si commune aux rois !
epuis le fils du roi de Macédoine,
n n'en voit point, songeant à vivre heureux,
e contenter du joli patrimoine,
ue, sans dispute, il tient de ses aïeux.
our s'agrandir, on se bat, on féraille,
t je ne vois que *Dioclétien*,
e bon *Victor*, au château de Ripaille,
uitter le trône et s'en trouver fort bien.

Des bons Picards, le souverain avide
rend les écus, et les vins et les blés ;
es champs sont-ils à peine dépouillés,
n exacteur, autant que lui cupide,
'abord exige un tiers de la moisson,
'il voit glaner quelque joli tendron,
l met soudain *haro* sur la victime,
'édit du roi rend ce rapt légitime,
'est une vierge, il en faut au barbon.
e roi tyran, que le Picard abhorre,
oit établir d'autres impôts encore.
uand un monarque accable ses sujets,
)e ses rivaux il sert bien les projets ;
e roi d'Artois fait venir son ministre.
« Albert, dit-il, un droit assez sinistre
» Donne aux Picards infiniment d'humeur,

» Leur vieux monarque, en dépit de son âge,
» De chaque fille, à la cour, au village,
» Prétend cueillir la précieuse fleur,
» Chassons un roi qui souille ainsi le trône,
» Depuis long-tems j'aspire à sa couronne,
» Et tout me sert, Roricon, je le voi,
» N'est, tout au plus, qu'un fantôme de roi,
» Le moindre effort suffira pour l'abattre,
» Son bras vieilli ne saura plus combattre.
» Son fils absent me donne assez beau jeu,
» Comme son père, il jouit, se bat peu ;
» Dans les châteaux il use sa jeunesse,
» Il n'est vaillant qu'auprès d'une maîtresse ;
» De tels rivaux ne sont pas dangereux.
» Attaquons-les, détrônons-les tous deux,
» Mais employons d'abord la politique,
» Elle en fait plus, souvent, que la tactique.

» Persuadez qu'en prince juste et droit
» J'abolirai d'abord ce triste droit,
» Qui, protégeant partout des mœurs infâmes,
» Livre aux seigneurs les filles et les femmes.
» Des nobles fiers flattez l'ambition,
» Du Plébéïen guidez l'opinion,
» Exaspérez les uns contre les autres,
» De l'arnarchie employez les apôtres,
» Pour préparer un premier mouvement,
» Force pamphlets qu'on lit avidement,

» **Pour**, du Picard, éclairer l'ignorance,
» **Des** mécontens, gagnez la confiance,
» **Tromper**, séduire, est le point important,
» **Je** sens qu'il faut semer un peu d'argent,
» **De** mes trésors vous pouvez faire usage,
» **Prodiguez-les**, et s'il faut des combats,
» **Pour** terminer, je pars, j'ai des soldats,
» **Des** généraux, ce fer et mon courage ».

Il vous souvient qu'au début de l'ouvrage,
En vous peignant Roricon, j'ai cité
Ce droit affreux, par le sire inventé,
Qui lui valait, le jour du mariage,
Ce doux trésor... qu'a toujours fille sage.
Un grand hymen que l'on va célébrer,
Au souverain va procurer l'hommage,
De cette fleur, que je voudrais trouver.

Sire d'Urson d'une ancienne famille,
Au beau Roger allait unir sa fille,
Le vieux baron se rend d'après la loi,
A son devoir, et dit ces mots au roi :
« Sire, je vais unir mon *Aloïse*
» Au plus vaillant de tous les chevaliers,
» Dont les aïeux, dans l'état les premiers,
» Vous ont servi dans plus d'une entreprise,
» Puis-je espérer, en faveur des hauts faits,
» De tous ces preux, qu'à l'un de vos sujets

» Mon souverain daignera faire grâce,

» D'un droit cruel qui nous afflige tous,...—

— » Non, dit le prince, un tel droit est trop doux.

» Et j'y tiens,.. » — sire,.. « — allons paix, qu'on
                                            abrège.

» C'est de mon rang le plus cher privilège,

» Dis-moi d'abord, quel âge à ton enfant?.—

—» Seize ans, mon prince,— ah c'est assez piquant!

» Elle est jolie? oui, je me le rappelle,

» Je l'entrevis, hier, dans ma chapelle,

» Des yeux charmans! une grâce! des traits!

» Un teint de rose!.. ah! si j'étais plus frais,

» Bien ennuyé de ma prude Alisbelle,

» Un beau matin je la répudierais

» Pour épouser la naïve pucelle;

» Mais je suis vieux, cette triste saison,

» Bien malgré moi me met à la raison,

» Je cède... — « Ah! sire... — » un moment...-
                                     « quoi... — » j'espèr

» Que mon cher fils, un très-joli garçon,

» Avec honneur remplacera son père,

» Il percevra, dans cette occasion,

» Le droit pour moi,.. par procuration;

» Apporte donc le contrat, je le signe,

» Mais à ce prix, entends-tu,... je le veux... »

    Il dit et sort; à l'ordre rigoureux
Le vieux d'Urson, sans frayeur, se résigne,

Il connaissait trop bien le fils du roi
Dont on vantait la sagesse profonde,
Seul confident de la sensible Algonde,
Qui tient Monfort pour jamais sous sa loi;
Toujours fidèle aux plus beaux yeux du monde,
Ce digne amant interdit tout effroi;
Sire d'Urson va trouver son cher gendre,
Qui tristement au fond d'un cabinet
Se désolait d'être contraint d'attendre
Son *exeat,* même, assez haut jurait.

C'est vainement qu'à son gendre il raconte
Le rétentum, au sensible futur,
Un tel arrêt lui semble encor plus dur,
Obtempérer le couvrirait de honte,
Le vieux d'Urson a beau représenter
Du suppléant la continence extrême,
Qu'à l'aiguillon il saura résister,
Comme jadis l'étonnant Saint-Aldhême
« Je n'en crois rien, Monfort n'a que vingt ans,
» Pourra-t-il voir une jeune personne
» Dont les beaux yeux et les appas naissans,
» Du plus stoïque embrâseraient les sens,
» Et résister?.. quoique un despote ordonne,
» Son fils, ailleurs, peut prendre ses ébats,
» Avec ma femme il ne couchera pas,
» J'en réponds bien, fatigués d'un tel maître,
» A Roricon on prouvera, peut-être,

» Que s'il est roi, c'est pour nous protéger,
» Il n'en fait rien, c'est à nous d'en changer ».

Il dit, et part, Roger aime Aloïse,
Il est ardent, présompteux, hardi,
Homme à pousser vivement l'entreprise,
C'est ce que fait notre jeune étourdi,
Il est picard et cette race est vive.

Dans son châtel au galop il arrive,
Et dans l'instant mande son sénéchal...
« Il est aux plaids, lui dit-on, c'est égal, —
» — Il vient, — « Raimbaut, vous avez de la tête!
» Il faut m'aider, mon déshonneur s'apprête,
» Le croirez-vous, je vais me marier,
» Et l'on prétend que, par un droit infâme,
» Au souverain il me faut octroyer
» Cette faveur que l'hymen seul réclame, » —
— » Mais, Monseigneur, en effet c'est son droit, -
— » Il est affreux !.. c'est une honte extrême !.. -
— » Mais c'est le vôtre aussi dans cet endroit,
» Et vous pouvez en profiter de même,..—
— » Moi?.. — « Dans le jour... — quoi... — « l
                           jeune *Alison*
» Epouse *Alain*.. — « une nôce... c'est bon...
» Sont-ils nombreux ? — Oh! toute la famille,
» Parens, amis du garçon, de la fille... —
— » Mandez-les tous ici, je veux les voir,

» Et convoquez mes vassaux pour ce soir ».

Raimbaut s'en va, bien sûr que son cher maître
Se montrera tel qu'un seigneur doit être,
Noble, sensible, et n'exigera pas
Ce droit pour lui, quoiqu'il ait des appas.

De Monseigneur la course inattendue
Dans le hameau déjà s'est répandue,
Pour cette noce il vient, et le futur
Prévoit son sort qui lui semble un peu dur.

« Hé quoi, dit-il, de notre fiancée,
» Du nom de sage ici qualifiée,
» Avec raison, ce serait Monseigneur
» Qui ravirait la précieuse fleur ?
» Non, je le jure, à l'instant il rassemble
» Les paysans et leur dit : « mes amis,
» Sire Roger arrive en ce pays,
» Jeunes amans, que chacun de vous tremble,
» Le triste sort qui m'attend pour demain
» Sera le vôtre un jour !.. c'est trop certain,
» Quoi ! c'est trop peu, pour ces grands inutiles,
» Tyrans chez eux, à la cour si serviles,
» De nous ravir la dîme de nos vins,
» Et de nos blés ? ces seigneurs libertins
» Viendront troubler la paix de nos ménages,
» Nous enlever nos Agnès les plus sages,

» La nuit de noce, et vous le souffririez!..
» Non, mes amis, [1] *levons-nous tout entiers,*
» Abolissons ces tributs trop infâmes,
» Vengeons l'honneur, la vertu de nos femmes,
» Lions-nous tous, et faisons le serment
» De résister à ce droit insultant,
» Chacun de nous, couchant avec sa belle,
» Ne sera plus contraint dorénavant,
» D'être témoin de ce triste accident,
» Et de rester à faire sentinelle,
» Quand un seigneur, en prenant ses ébats,
» Le fait...— « Non, non, tu ne le seras pas,
S'écrie alors cette troupe en colère,
Qu'un broc de vin rend bien plus téméraire,
« Un pareil droit est une horreur ! il faut
» A ce seigneur prouver notre courage,
» A son châtel il faut livrer l'assaut,
» Partons, partons... arrive alors Raimbaut. —

» Mes chers amis, Monseigneur vous engage
» De venir tous dans son châtel ce soir, —
— » Va, va, dis-lui que nous irons le voir,
» Il peut compter sur nous tous,.. bon voyage ».
On se sépare en se serrant la main,
Et promettant de soutenir Alain,
Tout le hameau souffre de son outrage,

[1] Phrase d'orateurs révolutionnaires.

Le Sénéchal est clair-voyant et fin,
Dans cet adieu sur maint et maint visage
Il a cru voir certain air menaçant,
Comme sur mer un pilote savant
Lit dans le ciel l'annonce de l'orage,
Vers Monseigneur, il vole promptement,
Pour l'informer de son petit message.

Alain tremblait pour sa chère Alison,
Or, prudemment, sitôt que le jour baisse,
Comme un avare, inquiet pour sa caisse,
Sans être vu, la change de maison,
Le prétendu court enlever sa belle,
Et la conduit chez l'antique pasteur,
Qui fait serment de lui sauver l'honneur,
Sûr, qu'il n'a plus rien à craindre pour elle,
Alain rejoint ses fidèles amis,
Armés de faux et de socs qu'ils ont pris,
Marchant en ordre ainsi qu'aux ennemis,
Alain, de droit, portera la parole,
C'est assez juste, il a le premier rôle,
C'est un romain, sortant du capitole,
Qui va lutter *pro diis et focis.*

Vers le perron du châtel on s'avance,
Roger accourt avec impatience,
Et vous jugez quel est l'étonnement,
Quand Monseigneur dit à ce camp volant:..

« Dignes vassaux, instruits de mes alarmes,
» Pour me venger vous avez pris les armes?
» Et j'en rends grâce à tous au fond du cœur,
» Des plus hardis j'implore la valeur,
» Mes chers enfans, oui, Roger la reclame,
» Pour abolir le droit le plus infàme, —
—Oui, oui, le cens, la dîme, les champarts, —
— » Non, mais un droit plus dur pour les Picards,
» Qui fait rougir la pudeur, qui l'outrage,
» Vous m'entendez? c'est le droit de jambage.

A ces doux mots, les rebelles charmés
Jettent bien loin leurs différentes armes,
Et, tous émus, les yeux baignés de larmes,
S'en vont, criant, — « sire, vous nous aimez
» Nous le voyons,.. Daignez-nous faire grâce, —
— » Comment? pourquoi? — « nous arrivons en
masse,
» Pour vous piller, pour brûler le château,
On se figure aisément le tableau !

En homme adroit, en profond politique,
Tirant parti de ce coup électrique,
Roger s'écrie; « Un triomphe plus beau
Vous est offert ! suivez-moi dans Péronne,
» De vous guider que Roger sera fier!
» Un sot monarque a dégradé le trône,
» Appelons-y le brave Clodoër,

» Roi généreux, cité par sa vaillance,
» Ce souverain vous rendra tous heureux ;
» De tant d'impôts allégera vos terres,
» Et, plein d'égards pour le plus saint des nœuds,
» Respectera le lit de vos bergères,.. —
— » Vive Roger ! est le cri général,
» Marchons, marchons, plus de délai fatal,
» Il faut ce soir, aller droit à Péronne.

Sans plus tarder le Picard abandonne,
Ses doux travaux, les champs qu'il a semés,
Des bataillons à l'instant sont formés.
De Saint-Jean Gond, la paisible bannière,
Va devenir une enseigne guerrière,
Aux insurgés il doit porter bonheur,
Ce saint, rebelle aux lois du cocuage,
Voit envers lui redoubler la ferveur,
Le cierge brûle aux pieds de son image,
Les sons aigus de différens tocsins,
Donnent l'éveil à vingt hameaux voisins,
Et l'étincelle échappant du village,
Dans la cité va porter le ravage.

Que fait alors le politique Albert?
Pour appuyer les plans de Clodoër,
Du mouvement avec art il profite,
Sans se montrer, il intrigue, il s'agite,
Du roi d'Artois déblayant le trésor,

A pleines mains il prodigue son or.

Dans les cités ses agens très-dociles
Savent tourner tous les esprits faciles;
6   Des orateurs, bien grassement payés,
Font circuler des mensonges, des fables,
Des faits bien faux, avec art appuyés,
Et que l'on croit, dès qu'ils sont incroyables,
Oh oui, [1] Basile a bien raison... partout
Aux gens oisifs on persuade tout.

Le trouble allait gagner bientôt la ville,
Tout annonçait la guerre civile,
N'écoutant plus qu'une juste fureur,
Qu'en telle crise on prend pour la valeur,
Les paysans, las de se voir esclaves,
Font le serment de briser leurs entraves,
Roger s'engage à bien les appuyer,
Ce droit maudit l'atteint plus que personne,
Les ajournant au plutôt à Péronne,
Et, nommé chef, il s'y rend le premier.

Sire d'Urson n'a pas perdu la tête,
Il troublera la scène qui s'apprête,
Par l'héritage il possédait un fief,
Dont la comtesse était la suzeraine,
Et pour jouir en paix de son domaine,

---

[1] Personnage de la comédie du Barbier de Séville.

Il lui devait tous les droits dûs au chef,
La foi, l'hommage, enfin la redevance,
Or, prétextant l'acquit de sa créance,
Il court à Lille en toute diligence,
Pour ramener le jeune Damoisel,
Dont le retour était essentiel.

Algonde apprend que son vassal arrive,
Et certain bruit la rend un peu craintive,
On dit partout qu'Aloïse et Roger
Seront unis, et vous devez juger
A quel chagrin la dame s'abandonne,
Quand elle apprend que, par un droit maudit,
Son chevalier doit, la première nuit,
Cueillir la fleur de la jeune personne;
Elle pleurait sur ce triste droit là,
Quand Aloïse entre avec son papa.

Le chambellan tombe aux genoux d'Algonde,
Il rend l'hommage obligé, puis, tout bas,
Lui dit : « Oyez, ne vous effrayez pas,...
Ce mot... » Oyez, et cet air d'embarras,
Coûtent des pleurs aux plus beaux yeux du monde,
» Je viens chercher le loyal Damoisel,
» Pour me soustraire au droit le plus cruel,
» Vous le savez, dans notre Picardie,...
» Jeune beauté, le jour qu'on la marie,...
» Doit... — » Que je plains votre position ! —

— » Rassurez-vous, le sire Roricon,

» Donne à son fils sa procuration,..—

—·» Quoi ! c'est Monfort,... — j'en rends grâce,

                              princesse,

» Oui, les vertus et la délicatesse

» Du fils du roi dissipent ma frayeur,

» Monfort saura respecter la pudeur,..

Ces derniers mots rassurent la comtesse.

    Elle rejoint Aloïse, et lui dit :

» A votre amant enfin on vous unit;

» Ma belle nièce, [1] et pour ce jour prospère,

» J'ai mon présent, il est simple... j'espère

» Qu'il vous plaira,... car c'est un talisman

» Qui, du bonheur, en ménage est garant.

7   Or, ce présent était une ceinture,

Que colorait légère enluminure,

Le moindre tact enlevait sa couleur,

Et flétrissait à l'instant sa fraîcheur,

Telle on la voit sur les aîles légères,

Du papillon, qui va dans nos paterres

Au doux printemps butiner sur la fleur.

Algonde l'offre à la jeune pucelle,

En lui disant : » aimable demoiselle,

» Sur votre peau prenez soin d'attacher

---

[1] C'était un titre d'amitié que les Reines donnaient aux dames de leur cours.

» Cette ceinture, avant de vous coucher,
» Gardez-la bien le jour du mariage,
» C'est un lien d'un fortuné présage.
» Le lendemain vous me la renverrez,
» Ma belle nièce,.. — oui, — » vous me le jurez?
La fiancée en donne l'assurance.
Son jeune esprit, encor dans l'innocence,
Ne conçoit pas ce don mystérieux;
» Un talisman ! qu'est-ce donc? je l'ignore,
» Ah, si par lui, tu m'aimes plus encore,
» Mon cher Roger... quel cadeau précieux !
» Tu dois m'aimer beaucoup,.. car je t'adore.

Le soir, d'Urson s'éloigne du palais,
Avec sa fille, et regagne Péronne,
Le Damoisel va les suivre de près,
Regrettant fort celle qu'il abandonne,
Qui craint toujours que son beau chevalier
De son serment bientôt ne se délie,
Cette Aloïse, hélas ! est si jolie,
Il a vingt ans, s'il allait s'oublier !

En poursuivant jour et nuit son voyage,
Le jeune amant, par un hasard heureux,
Doit, de Roger, traverser le village;
Il arrivait, quand un groupe nombreux
Armé de faux, de lances et d'épieux,
Sous l'étendard du patron débonnaire

Qui doit servir en ce jour de Bannière,
Se préparait, au son d'un vieux tambour,
A se porter en masse vers Péronne,
Pour y bloquer Roricon dans sa Cour,
Et s'emparer de sa triste personne.
Allain, surtout, animait par ses cris,
Tous ses soldats d'un moment, presque gris.

Monfort paraît pour dissiper l'orage,
Tout le cortège oublie alors sa rage,
Quitte son chef, au-devant de Monfort,
Ah ! c'est à qui peut courir le plus fort...

« C'est lui ! c'est lui ! vive notre bon prince
» Ah ! Monseigneur délivrez la Province,
» De ces commis qui ne nous laissent rien,...
— » Oui, mes amis. — » De ce droit de jambage,
» Notre bon sire, exemptez le village,
» Et laissez-nous jouir de notre bien.
— » J'abolirai ce droit, je vous le jure,
» Dans vos hameaux il n'existera plus,
» Et mes sermens ne sont pas superflus.»

A ces deux mots, le bon Picard abjure
Et sa fureur et sa rebellion,
Honteux déjà de l'insurrection,
Près de Monfort on s'attroupe, on le presse,
Dans le transport de la plus douce ivresse,
On veut baiser son habit, son cheval,...

» Vive Monfort ! est le cri général. »
Paisiblement, au fond du sanctuaire,
De Saint Jean-Goud on rentre la bannière,
Que, pour combattre, on n'ira plus chercher,
On se sépare et l'on va se coucher.

De même après cette coupable ligue [1]
Que de Philippe entretenait l'intrigue
Le Béarnais [2], en entrant dans Paris,
A son aspect vit tous les cœurs soumis ;
8 Un mot de lui, son auguste présence
Firent rentrer tout dans l'obéissance,
Les révoltés pleurèrent leurs excès,
Et le bonheur revint chez les Français.

FIN DU SECOND CHANT.

[1] Sous Henri IV, cette ligue était soutenue par Philippe II, roi d'Espagne, le plus atroce politique du siècle.

[2] Henri IV.

Chant Troisième.

ARGUMENT.

Mariage d'Aloïse et de Roger, Monfort obtient de Roricon de le remplacer pour l'acquit du droit de jambage que doit acquitter Aloïse la première nuit de ses noces; scène de nuit; Aloïse remet à un page de la comtesse de Flandre, la ceinture dont cette souveraine lui avait fait présent; inquiétude que cette ceinture donne à la comtesse; un bal masqué la met même d'éclairer ses soupçons; elle arrive à Péronne; bal; scène; confidence; Monfort se retrouve avec Algonde sans la reconnaître; elle retourne à Lille avec le même incognito.

Ah ! qu'il est doux pour une jeune fille
D'abandonner le couvent et la grille !
De rencontrer, en quittant ce séjour,
Ce Jouvencel, beau, leste, fait au tour,
Qu'elle aperçut quelquefois par le tour,
Elle sourit, quand une mère tendre
Lui désignant le futur, fait entendre
Qu'on est d'accord, et que, le lendemain,
Sa bien-aimée à ses vœux doit se rendre,
Car aux autels il recevra sa main ;
La jeune fille a peine à se défendre,
D'un trouble doux, son teint est plus vermeil,

Un rêve aimable agite son sommeil ,
Et , pour ce jour qui s'est fait bien attendre ,
L'amour prend soin de hâter son réveil.

Le beau Roger vient de quitter l'église ,
Il est enfin possesseur d'Aloïse !
L'œil animé , tout fier de son bonheur ,
Avec orgueil il conduit sa conquête ,
Mais cependant l'avenir l'inquiète ,
Au fond du cœur, il songe au tête-à-tête ,
Au droit fatal qui donne à l'étranger
Tout le plaisir de ce doux sacrifice ,
Qu'au seul époux doit l'épouse novice ,
C'est un rival qui va donc l'exiger !
Et le Picard ne vient pas le venger ,
Il est bien vrai , par un coup de la grâce ,
Que Roricon cède à son fils la place ,
Il a des mœurs... mais il n'a que vingt ans !
La fiancée est belle............... Ah ! quels tourmens !

« Par cette loi , dit-il , elle est cruelle !
» Je suis contraint de rester sur le seuil ,
» Du cabinet , de faire sentinelle ,
» Si Monseigneur fait un trop vif accueil ,
» A ma moitié , je fais sauter la porte ,
» Je prends mon bien , dans mes bras je l'emporte ,
» Elle est à moi ,... c'est mon épouse enfin ,
» Ah ! que je vais souffrir jusqu'à demain.

Du grand banquet l'heure est déjà sonnée,
Chacun se rend au palais, Roricon
Fait, très-gaîment, les honneurs du salon,
La jeune vierge interdite, étonnée,
Par vingt seigneurs dans un angle cernée,
Avec candeur, à leurs discours répond,
On la présente à toutes les vidames,
Elle reçoit les baisers de ces dames,
Leurs complimens, vrais complimens du jour,
Un peu menteurs, c'est l'usage à la cour.

On a soupé, mais avec étiquette,
Et sans gaîté, la chère était complète,
Mais on baillait, Roricon, au festin,
N'a pas mal bu, pour se monter la tête,
Près d'Aloïse, espérant sa conquête,
Le sire a pris le ton léger, badin,
D'un vieux seigneur, même un peu libertin.
L'agnès rougit, elle est plus belle encore,
D'un œil lascif, le vieux paillard dévore,
Ces frais appas que cache le satin,
Ces bras charmans, et surtout ce beau sein,
Qu'il va bientôt fourager à son aise.
Il a déjà fait demander sa chaise,
Disant tout bas : « quel bijou ! j'aurais tort
» D'abandonner la victoire à Monfort !...

On sort de table et tandis que la Reine

Va, vient, s'agite, et se met bien en peine,
Pour inventer des plaisirs... Roricon
Conduit son fils dans un coin du salon,
Bien isolé, lui dit : « Mon très-cher sire,
» Le croirais-tu, je suis tenté d'honneur,
» De te souffler cette douce faveur,
» Que l'épousée... Oui, son œil noir m'inspire, —
— » Vous plaisantez !... — » Non dans ce doux
conflit,
» Très-brillamment je veux... Monfort sourit, —
» Hein, tu parais douter de ma victoire ? —
— » Oh non, je sais que depuis cinquante ans,
» On parle ici de vos exploits galans,
» Je vous vaudrai... — qui? toi ? — « Je m'en fais
gloire,
» Puis-je retrouver plus belle occasion,
» De commencer ma réputation ?
» Résignez-moi vos droits,.. et j'ose croire... —
— » Allons il faut te céder ce plaisir,
Dit le monarque, en poussant un soupir,
» Jadis pourtant... vite, que l'on conduise
» Dans le palais cette vierge soumise.

Au même instant l'ordre est exécuté,
Sans nul éclat, tandis que l'on disserte
Au tapis verd, sur un coup disputé,
Bien poliment, la très-prudente Berthe

Joint Aloïse, et par un corridor
La fait filer chez l'aimable Monfort.
Qui, lestement, du beau salon déserte.

Roger suivait, tout pâle de fureur,
La renfermant avec peine en son cœur,
On conçoit bien qu'il s'épanche et qu'il jure,
Lorsque, surpris dans un boudoir voisin,
Prêtant l'oreille, un page, très-malin,
A double tour vient fermer serrure,
Dit à Roger : « Ne faites pas de bruit,
» Monsieur l'époux, dans la bibliothèque
» Vous trouverez les œuvres de [1] Sénèque,
» Parcourez-les,... bonsoir, et bonne nuit.

Au lit d'honneur on conduit Aloïse,
La pauvre enfant est déjà dans la crise,
Et cependant la belle ne sait pas
Qu'un étranger a droit sur ses appas,
Qui l'instruira de tout ?.. la vieille Berthe
Sur tous les us, matronne très-experte.

Pour préparer l'aveu, tout doucement,
Elle lui tourne un petit compliment,
Et puis ajoute... « Il faut, suivant l'usage,
« Payer... — » Quoi donc ?... — » Mais le droit de
                                        jambage, —

---

[1] Sénèque a écrit un traité sur la patience.

—» Quel est ce droit ? — « N'allez pas vous facher,
» Avec le prince,.... — « hé bien.... — il faut
                                        coucher,.. —

» Avec le prince ! ah, que je suis ravie !
» Notre bon roi, prevenant mon envie,
» Donne le rang de prince à mon époux?
» Mon cher Roger ! je suis dans une ivresse !
» Je vais demain me réveiller princesse !
» Que mon lien me semble encor plus doux !

De l'innocente on défait la toilette,
De ses cheveux on enlève l'aigrette,
On les rassemble en moins d'un tour de main,
Dans les contours du mouchoir le plus fin.
Puis on défait la robe, la chemise,
Quoi ! nue ! hé oui, l'usage l'autorise,
J'ai dit, plus haut, pour constater le fait,
Qu'au bon vieux tems, sans chemise on couchait.

Sous un rideau, dont l'épaisseur rassure,
Modestement, l'épouse de Roger
Veut elle-même attacher la ceinture
Qu'Algonde a dit, surtout, de ménager,
Doux talisman... dans un jour de danger.
Le cher mari l'œil contre la serrure,
Tache de voir, écoute, n'entend rien,
Et furieux, jure comme un payen.
Dans le beau lit, quand la jeune épousée

Est établie, en matronne rusée,
Berthe s'explique alors plus clairement,
Parle du droit, enfin, cite comment
Pour cette nuit il faut que l'on accueille
Le fils du Roi qui viendra dans l'instant,
Car la loi veut que ce soit lui qui cueille
La fleur d'hymen en place de l'époux,
« O ciel! un autre! ah! que me dites-vous!
Monfort paraît et Berthe prend la fuite,
L'aimable vierge alors pleure, gémit,
Pâle de crainte, elle se précipite,
En un clin d'œil, hors du superbe lit,
Dans la frayeur qui la trouble et l'agite,
S'enveloppant, pour voiler ses appas,
D'un grand rideau,.. la jeune sulamite
Crie au chaton : « Ne me violez pas.

» Rassurez-vous, vertueuse Aloïse,
Répond Monfort : « Je ne sais point ravir,
» Un cœur donné, votre maître ne prise
» Que les faveurs dont il ne peut rougir,
» Votre vertu m'enchaîne et m'en impose,
» Roger saura que j'ai pu voir la rose
» Sans la toucher, sans oser la cueillir,
» Qu'elle devienne en ce jour sa conquête,
» Vous l'allez voir, il n'est pas loin de nous,
» Jamais l'ami ne doit voler l'époux,

» Et je lui cède ici le tête-à-tête.

Monfort s'échappe ; alors paraît Roger
Que, des arrêts on vient de dégager :
Brûlant d'amour, des feux de la jeunesse,
Plein de santé, de vigueur, dans l'ivresse,
Roger triomphe, athlète précieux
Malgré l'obstacle, il est bientôt heureux,
Dans les transports d'une volupté pure,
Comment songer alors à la ceinture ?
Rappelez-vous que sa faible couleur,
Doit s'effacer en cette conjoncture,
Qu'un rien suffit pour flétrir sa fraîcheur,
Dans tel moment la mémoire est perdue,
Cette peinture, hélas ! a disparue,
Rapidement, ainsi qu'une autre fleur.
Sans soupçonner les suites du message,
La jeune épouse, à Lille, par un page,
Fait reporter à la pointe du jour,
Cette ceinture à la sensible Algonde,
Qui, se livrant à sa douleur profonde,
Du messager trouve lent le retour.

Le léger page en son palais arrive,
La tendre Algonde était sur le qui vive
En recevant son délicat présent,
Dans quel état, ô ciel ! on le lui rend !
Que l'examen, pour son cœur est funeste !

4

De la peinture, hélas! rien, rien ne reste,
Le bleu, le vert, ensemble confondus!
Par-ci, par-là, certaine couleur rose,
En dit assez, son incarnat dépose
Que les sermens parfois sont surperflus,
2   Les *Amadis*... hélas! on n'en voit plus!

Tout pénétré des bontés de son maître,
Le beau Roger brûle de reparaître;
Ce fier rival, qui voulait tout dompter,
Ne songe plus qu'on peut se révolter,
Sujet loyal, à son devoir fidèle,
Des grands seigneurs il sera le modèle,
Sa tête est vive, au moins le cœur est bon,
Il ne veut plus détrôner Roricon,
Pendant huit jours il donne au roi des fêtes,
Les carrousels tournent toutes les têtes,
5   Et l'on finit par un grand bal masqué,
Tout ce qui marque y sera convoqué.

Sire d'Urson en avertit Algonde,
Un écuyer qu'il fait partir exprès,
Du bal prochain annonce les apprêts,
« Un bal! à moi dans ma douleur profonde,
» Je n'irai point,.. voilà le premier mot;
Mais vous savez que femme quand elle aime,
Peut varier, qu'elle passe bientôt
D'un grand dépit à l'indulgence extrême,

Qu'on peut bouder contre un coupable amant,
Mais s'assurer de ses torts est prudent,
Puis du secret le masque est le garant.
Incognito, l'on peut voir, tout entendre,
Suivre un amant, et, s'il se conduit mal,
Lui détacher quelque jaloux rival,
Qui vient toujours à propos le surprendre,
Quand il est près de finir un roman,
Et déjouer le plus aimable plan.

Le jour fixé pour ce grand bal arrive,
Femme jalouse est alors bien active,
La tendre Algonde abandonne sa cour,
Dans le salon arrive la première,
Va se placer dans un obscur détour,
Pour voir filer la compagnie entière.

Roger parait, [1] *beau d'orgueil et d'amour*,
Donnant le bras à sa chère épousée,
Il la soutient, sa force est épuisée ;
Cent chevaliers accourent sur leurs pas,
Parmi les preux de cette cour aimable,
Algonde en vain cherche son cher coupable,
Dans ce beau groupe il ne se trouve pas,
Ferme à son poste, et laissant la jeunesse,
Se disperser dans le flot qui la presse,

[1] Cet hémistiche est de l'abbé de Lille.

Algonde reste en face du perron ,
Pour épier le fils de Roricon.

Il vient enfin , triste , rêveur et sombre ,
Parmi ces fous , qu'appelle le plaisir,
Il est errant, sans paraître jouir ,
Et l'on pourrait le prendre pour une ombre,
Ainsi l'on voit , le soir au Luxembourg
Des vieux oisifs , en baillant , faire un tour.

Cent luths d'accord , ces faisceaux de lumière
Cette gaîté de l'assemblée entière ,
Ce vif essaim de piquantes beautés
De vingt pays retraçant les costumes,
Le front couvert de roses et de plumes ,
Riant , chantant, dansant de tous côtés ,
Rien de Monfort ne distrait la tristesse ,
Un groupe aimable est par lui dédaigné ,
Il va s'asseoir sur un banc éloigné ,
Pour y rêver à sa chère comtesse.

Algonde y vole et s'asseoit près de lui ,
De son amant elle bénit l'ennui,
Sa douce voix, avec art déguisée,
Interrogeait la secrète pensée
Du Céladon , quand un vieux courtisan
Vient arrêter l'exorde du roman.
Ce vieux seigneur avait la courtoisie ,

Qui distinguait nos anciens paladins,
Fleur de bon ton, fine galanterie,
Propos joyeux, mais jamais libertins.
Dans les boudoirs, dans les camps, aux festins,
A son nom seul on va le reconnaître,
4 C'était [1] *Genlis*, digne appui de son maître,
Au Damoisel il adresse ces mots :

« De courtoisie, ô vous jeune héros !
» A vos vertus mon cœur vient rendre hommage,
» De loyauté, modèle si parfait !
» Oui, d'Amadis vous retracez l'image,..
— » Qui, moi ? seigneur, en quoi donc s'il vous
                                        plait ? —

— » Plein de respect pour la jeune Aloïse,
» Vous n'avez point profité de vos droits,
» Pour lui ravir, ce que plus d'un, je crois,
» A votre place... Un doux cri de surprise
A la comtesse échappe,... prudemment,
Elle se tait, se commande,... « un amant,
Répond Monfort, « de sa fidèle amie,
» Peut exiger des faveurs, dans la vie,
» C'est un échange, elle est due à l'amour,
» Ce sentiment doit payer de retour,
» Mais exiger la faveur la plus chère,
» D'une beauté qui nous est étrangère,

[1] Les Genlis sont une des plus anciennes familles de la Picardie.

» Tromper l'hymen et l'amour, ah ! seigneur,
» Ce n'est qu'un vol , et jamais un bonheur,
» Vos jeunes gens auprès d'une ingénue,
» Plaisanteront d'autant de retenue,
» Je le crois bien, mais nos francs chevaliers
» M'estimeront, — « Oui, je suis des premiers,...
Répond Genlis.. — » Et moi,.. s'écrie Algonde,
En se sauvant dans un groupe de monde.
L'heureux Monfort frappé de cette voix,
Court vers la dame, il parcourt à la fois,
Les corridors, les salons, chaque loge,
S'adresse à tous, vivement interroge,
« Qu'est devenu certain domino bleu ?
Près d'un pilier il le voit, l'œil en feu,
Monfort y vole, une main qu'on lui serre;
Mais sans parler, dévoile le mystère...

5   « Quoi ! vous ici !.. » Paix, chut, ne parle pas.
» Mon doux ami, voyez, l'on suit nos pas ;
» Je pars, demain dans Lille viens te rendre,
» Viens retrouver l'amante la plus tendre,
» Et, dans mes bras tu recevras le prix
» De ton secret, que mon cœur a surpris. »

Un flot de monde hors du salon s'écoule,
L'heureuse Algonde, au milieu de la foule,
Se précipite, et laisse son amant
Tout stupéfait d'un tel évènement.

6   S'il eût alors exigé de sa belle
    De soulever ce masque trop discret,
    A son désir, peut-être, elle cédait,
    Mais au serment il se montra fidèle,
    Vive à mes yeux les amans de jadis!
    Las! nos beautés, même les plus honnêtes,
    Préféreront, avides de conquêtes,
    Un Galaor, au sensible Amadis.

FIN DU TROISIÈME CHANT.

Chant Quatrième.

ARGUMENT.

Le droit de jambage n'est point abrogé dans la Picardie ; les grands Seigneurs et les hauts Barons le maintiennent. Le sire de Chauni est un des plus acharnés à le soutenir ; mariage d'Hélène et de Lucas, vassaux du sire de Chauni ; Lucas refuse d'obtempérer à l'édit du prince, et force les paysans de se réunir à lui contre le seigneur ; le sire de Chauni fait enlever Hélène ; Lucas de son côté fait enlever la fille du sire de Chauni de son couvent, et la garde comme ôtage ; insurrection des vassaux, ils sont vaincus et dispersés par les hauts Barons ; Lucas est prisonnier ; on va le juger quand les insurgés le délivrent ; la révolte devient générale ; les Picards offrent la couronne de Picardie au roi d'Artois ; Roricon est prisonnier et renfermé dans la tour de Bapaume ; Clodoër arrive à Péronne et monte sur le trône de Picardie.

> Qui bouleversa dans ce vaste univers
> Plus d'un pays ? ce sexe plein de charmes,
> Puissant partout, même dans les déserts,
> Car le sauvage est sensible à ses larmes,
> Pour le venger tout peuple prend les armes ;
> 1 Dans Israël voyez d'abord *Dina*,
> On s'y battit,.. mais sans pouvoir reprendre

Ce que *Sichem* à la belle enleva ;

2 Songez à Troye, aux rives du Scamandre,
Où trente rois, *Hector*, *Polidamas*,
Agamemnon, réduisent tout en cendre,
Pour un bijou, qu'au triste *Ménélas*,

3 *Páris* ravit : voyez dans la Castille
Ce que coûta le viol d'une fille !
Des Castillans, des Maures et des Goths
Près de Calpé [1] le sang coule à grands flots :
Rappelez-vous la guerre de la Fronde,
Où, le plus grand de tous nos généraux
Turenne enfin, se battit en héros,
Pour un regard des plus beaux yeux du monde ;
De tels excès vont se renouveler
Pour les appas d'une innocente vierge,
Un haut baron va tirer sa flamberge,
A son orgueil il veut tout immoler.
C'est vainement que la noble conduite
Du Damoisel a sur lui fait jaillir
Autant de gloire ; on a quelque mérite
A refuser la fleur qu'on peut cueillir,
En l'admirant, personne ne l'imite,
Le roi picard qui croirait trop faiblir,
Maintient partout ce droit honteux, horrible
Aux cris du peuple, il se montre insensible.

---

[1] Calpé, aujourd'hui Gibraltar.

Les grands seigneurs dans leurs divers châteaux
En font autant et bravent leurs vassaux,
Les plus sensés, (grâce à l'âge, peut-être)
Se montreraient moins tyrans que le maître,
Ils céderaient volontiers sur un point;
Mais tous leurs fils, jeunes, galans, bons drilles,
Perdraient alors la fleur des jeunes filles.
Quel sacrifice! on ne le fera point,
Tous ces messieurs, époux sans mariages,
Vont dépistant partout des pucelages,
Ils sont ravis par ces jeunes héros,
Même, sans choix, ils n'y font pas plus grâce
Qu'un braconnier, quand on ouvre la chasse,
N'en fait en plaine aux innocens perdreaux.

Chez le baron de Chauni l'on s'assemble,
On fait serment de se liguer ensemble,
Pour corriger tous ces vils paysans,
Un peu têtus, quoique très-ignorans,
Ils ont appris de la simple nature,
Qu'un droit sacré, celui du *tien*, du *mien*,
Est respectable, et qu'attaquer ce bien
C'est du pouvoir trop passer la mesure.

Or, au château, tandis que Monseigneur
Des hauts barons ranime la vigueur,
Tous leurs vassaux dans une métairie,
Tiennent conseil, c'est bien l'occasion

D'organiser la coalition,
Pour s'insurger contre la tyrannie.

» Mes chers amis, dit un gars décidé,
» J'adore Hélène, et demain je l'épouse,
» J'espère enfin que, par vous secondé,
» J'aurai la fleur que Monseigneur jalouse,
» Mais à moi seul, et que sire Chauni,
» Ne viendra pas me la souffler..—

— » Nenni,

Crie un huissier qui, soudain se présente,
Mais de Lucas il sent la main pesante
Sur son échine, et l'on crie; « à l'instant,
» A Monseigneur il faut en faire autant.

La troupe sort et la foule s'amasse,
De tous côtés, aux grilles du château
5 On va couper les mais qui sont en place,
Dans tous les bois de Monseigneur on chasse,
Le sénéchal vainement crie... haro,
On fait courir dans toutes les familles
L'injonction que, désormais, les filles,
Iront coucher, en sortant de l'autel,
Chez leurs maris, sans aller au châtel,
Le fiancé court attacher aux grilles
Cet arrêté du congrès solennel.

Grande rumeur ! ce véto du village
Déplaît beaucoup au sire de Chauni,

C'est lui manquer, et d'un pareil outrage
Tout le hameau sous peu sera puni,
Il fait prier par une circulaire,
D'autres seigneurs, très-voisins de sa terre,
Sans nul retard de se rendre chez lui,
Armés, casqués, comme en un tems de guerre,
Pour corriger....... un peu ces vils gredins,
Et leur tomber en masse sur les reins.

Albert sait tout, cet adroit politique
De [1] nos meneurs, déployait la tactique,
Soufflant le feu, profitant des débats,
A pleines mains répandant les ducats.
Ses espions courent la Picardie
Pour attiser sourdement l'incendie,
Et tout le sert, le fils de Roricon
Est éloigné, la belle occasion
Pour commencer la révolution
Qu'étoufferait un brave; le génie
N'a jamais peur d'une insurrection.

De cette lutte enfin le jour arrive !
De part et d'autre on est sur le qui-vive,
Dans le château les seigneurs retranchés
Ont fait leur plan d'attaque et de bataille,
Dans les bosquets les gardes sont cachés,

[1] En 1789.

Prêts à frapper et d'estoc et de taille ,
De leur côté , les paysans picards
Sont devenus les fiers enfans de Mars.

   L'ardent Lucas va chercher son Hélène ,
Avec orgueil le joyeux époux mène ,
Sa fiancée , et déjà laisse voir
Tout le plaisir qu'il attend pour le soir.
Deux cents amis le joignent comme escorte ,
Le groupe immense , au bruit de vingt tambours ,
Du grand château veut traverser les cours ,
Sire Chauni se montre sur sa porte ,
Sans dire mot , il aurait sur les bras
Tous les mutins qui , le cœur dans la joie ,
Chantent bien haut ,.. « *tu n'en tâteras pas ,*
   » *La belle Hélène est pour Lucas ,*
         » *Vive la joie !*
Aimable Hélène , ah ! pour toi je gémis ,
Chauni peut être une seconde Troye :
Pour t'enlever , crains un nouveau *Pâris.*

   On va d'abord cimenter à l'église ,
Le nœud sacré; des mains de son pasteur ,
Lucas reçoit sa compagne promise ,
Ivre d'amour , il bénit son bonheur ,
Sur le portail on abreuve la troupe ,
De main en main elle passe la coupe ,
Hume le vin , qu'un jeune enfant de chœur

Verse à grands flots, pour lui donner du cœur.

Il en faudra, car la noce repasse
Dans le château,.. c'est là le coup de grâce,
Que ces faquins gardaient à leur seigneur.

Joyeusement le cortège défile...
Mais, ô malheur ! il voit de tous côtés
Fondre sur lui les Barons irrités,
Que commandait le sire d'Harleville,
Bref, le cortège en entier est cerné,
Par les piqueurs, les valets et les gardes,
Munis d'épieux et de vieilles rouillardes ;
Chacun s'enfuit, éperdu, consterné,
Malgré l'époux qui, tout seul se démène,
Sire Chauni lui souffle son Hélène,
Dans son châtel, à son nez il l'emmène.

Demeuré seul, l'intrépide Lucas,
N'est pas si sot que défunt Ménélas,
Vers ses amis il court à perdre haleine,
Il les rassemble et leur dit : « Non pardieu,
» Ce Monseigneur n'aura pas si beau jeu !
» Il me ravit ma jeune fiancée,
» Elle sera dans le jour remplacée ;
» Prenons des socs, et cette arme à la main,
» Allons, amis, dans le moutier voisin,
» Là, pour venger l'honneur de ma famille,
» De ce Baron, j'enleverai la fille,

» La jeune *Claire*, elle est vierge... je croi;..

» Elle sera l'ôtage, sur ma foi,

» De ce trésor qu'on me prend malgré moi.

A ce discours chacun répond,.. « oui, frère ; »
Ils vont en masse au prochain monastère,
Malgré l'abbesse et le saint confesseur,
Malgré ses cris, ses larmes, sa douceur,
La belle Claire, hélas ! change de gîte,
Et chez Lucas, en pompe, elle est conduite,
Où le curé, le bédeau, le sonneur,
Sont désignés pour sa garde d'honneur.

Ainsi j'ai vu, lorsque j'étais en classe,
6 Avec respect descendre votre châsse,
O Geneviève ! et du temple imposant,
Quand de sortir vous nous faisiez la grâce,
On y laissait, de crainte d'accident,
Pour caution, Messieurs du Parlement.

Fier du succès, et possesseur d'Hélène,
Nouveau Pâris, le rival de Lucas
A tous ses preux veut donner un repas,
Le long du jour on dévaste la plaine,
Et les seigneurs de vingt châteaux vois'ns,
Font sous leurs coups tomber tous les lapins.

Pendant la chasse, une duègne humaine,
La vieille Alix, qu'on mande tout exprès,

Blanchit Hélène en un bain des plus frais,
Puis de l'agnès elle fait la toilette,
Surcot de vair, et robe de velours,
Vont remplacer les champêtres atours,
Que regrettait la jeune bachelette,
Qui, l'œil en pleurs, tout en les détachant,
Et le cœur gros, tient ce discours touchant.

  « Pourquoi m'offrir cette vaine parure?
» Je préférais mes champêtres habits,
» Mon cœur est pur sur ce juste de bure,
» Ah? laissez-moi simple comme je suis,
» Si j'acceptais ces dons de l'opulence,
» Lucas pourrait me taxer d'inconstance,
» Il a mon cœur,.. le sire de Chauni,
» Malgré les lois, me tient ici captive,
» Mais quoiqu'il fasse et quoiqu'il en arrive,
» Lucas toujours sera mon seul ami. —
— » Hé, mon enfant, dit la vieille matronne,
» Ces beaux habits, Monseigneur vous les donne,
» Pour votre dot, il ne veut qu'effrayer
» Un jeune fou qui croit l'humilier,
» Des insolens ont déclaré la guerre
» A notre sire, il fera le sévère;
» Mais en soupant, il dira, je l'espère,
» A son amant, il faut la renvoyer,
» Et vous direz à ce vassal étrange,
» Tu vois, nigaud, comme un seigneur se venge!

Hélène est simple, elle n'a que seize ans,
Et s'en rapporte à ces mots consolans,
Bref, se résigne, ôte sa collerette,
Son bavolet, son juste de sergette,
Met bien du tems à délacer son corps,
Oppose enfin d'assez brusques efforts,
Lorsque la vieille, au Baron, très-soumise,
Dit d'un ton sec,.. ôtez votre chemise...

Ce voile tombe, Alix voit mille attraits,
Soupire et dit : « Voilà comme j'étais ! »

Dans la baignoire elle étend l'innocente;
Et les parfums, et l'essence odorante,
Couvrent partout les appas ingénus
De cette Agnès, à Lucas inconnus.

Alors arrive une leste suivante,
A l'œil malin, à la taille élégante,
Qui, déployant les ressources du goût,
Et de son art faisant un beau vatout,
Costume Hélène, et de la Bachelette,
Fait dans l'instant une beauté parfaite.

Quand la victime est digne du Baron,
La vieille Alix la présente au salon,
C'est un seul cri... « Grand Dieu ! qu'elle est jolie!. »
On la conduit à table, elle est servie.

On jase, on rit, et l'on verse à grands flots,

5

Ce vin mousseux, inspirant les bons mots,
Hélène est calme et ménage sa tête,
Pour la trouver, quand l'heure du repos
Des conviés marquera la retraite.
On a sablé le Thorins, le Mulsaux,
Sire Chauni, qui de talent se pique,
Risque au dessert une chanson bachique,
Dont les refreins sont un peu croustilleux ;
Hélène souffre et baisse ses grands yeux,
Tous les Barons de se pâmer de rire,
En répétant le *tire tire lire*,
Mots ambigus, ordinaire signal
A tels soupers, pour faire bacchanal.

Des Paladins la main devient légère,
Et l'on chiffonne un tantet la bergère,
L'un veut baiser ses yeux, l'autre plus bas,
Risque une attaque un peu plus téméraire,
Sous le mouchoir : en vain, à tour de bras
Hélène tape et défend ses appas,
Chacun l'entoure, à travers de la porte,
Un varlet crie · « Aux armes !.. que l'on sorte,
» Et vite et tôt,.. Claire,.. elle est chez Lucas,
» Pour la sauver on demande main forte. —
— » Ma fille ! ô ciel !.. amis, suivez mes pas,
S'écrie alors Chauni. Dans sa main brille
Le fer vengeur qui doit percer le drille.

Les Paladins, en braves chevaliers,
Saisissant tous leurs lances, leurs cimiers,
Sortent en foule,.. alors la bachelette
Court à la porte,.. ô contre-temps bien dur !
7   Elle est fermée au verrou, la pauvrette
En ce moment imite Nicolette,
Pour échapper de ce séjour impur,
Autre malheur imprévu ! les croisées
Sont en dehors par des barreaux grillées,
Le désespoir double alors sa vigueur,
Elle en brise un, noue à l'autre la nappe,
Tout doucement se laisse aller,.. s'échappe,
Et gagne un bois pour y sauver sa fleur.

Pendant ce tems, notre troupe guerrière
Court de Lucas investir la chaumière :
Par les vassaux, le long des murs placés,
Les assaillans d'abord sont repoussés,
De part et d'autre on combat avec rage,
Les Paladins se frayent un passage,
Les paysans tombent de tous côtés,
Battus, meurtris, perforés, éreintés,
Le reste fuit, et laisse sans scrupule
Lucas fort sot, qui cède et capitule,
On remet Claire au sire de Chauni.
De la ravoir ce bon père est ravi
Verse des pleurs de joie et de tendresse,

En apprenant que, grâce au bon curé,
Certain bijou ne fût pas défloré.
Du tendre père on conçoit la faiblesse,
Mais cependant on pince le Lucas,
Car son affront ne se pardonne pas,
Par le prévôt soudain on le fait prendre,
Pour qu'à l'instant il travaille à le pendre.

Aussitôt dit, aussitôt fait, on part
En emmenant garroté le Picard,
Qui, platement, au désespoir se livre :
De bons amis, un groupe le délivre.

Sa liberté pour lors est le signal
D'un mouvement qui devient général,
Les paysans las de se voir esclaves,
Font le serment de briser leurs entraves,
Et des cités les paisibles bourgeois
Pour guerroyer, se lèvent à la fois,
Un mot magique a fait de tous des braves,
Le feu s'accroît, gagne au loin et s'étend,
Dans les marchés, dans les bourgs les plus minces,
Dans les hameaux, les villes, les provinces,
Armé de faux, le peuple va criant;
« A bas le Roi ! tous ces nobles infâmes,
» Qui vont baisant nos filles et nos femmes,
» Nommons pour roi ce brave Clodoër,

» A son rival arrachons la couronne,
» Même à son fils, puisqu'il nous abandonne,
» Que nous faut-il ? du courage et du fer. »

Aux arsenaux on se porte en tumulte,
On y saisit sabres, lances, drapeaux,
Les révoltés débutaient par l'insulte,
Bientôt le sang va couler à grands flots,
8   Le peuple veut du sang pour sa vengeance,
Les gens aisés, égoïstes, peureux,
Sans se montrer, se renferment chez eux,
Le souverain ferait tourner la chance,
Si, pour lutter il montait à cheval,
En Clodoër il met son espérance,
9   Et dans la nuit il part avec prudence,
Pour se livrer lui-même à son rival,
Qui fait jeter dans le fort de Bapaume,
Le pauvre Sire, et lui prend son royaume.
Les souverains ne sont plus généreux
Pour leurs pareils, quand ils sont malheureux,
Pour mieux voiler son intrigue infernale,
Par la bonté, Clodoër se signale,
Prodigue l'or, proteste que son cœur
Veut des Picards assurer le bonheur,
Il se conduit avec la politique
Des souverains, quand ils savent régner,
Semant des fleurs sur le joug despotique,

Plaignant l'erreur, feignant de l'épargner,
Flattant d'abord le peuple trop crédule,
Et par la suite, immolant sans scrupule
Le tigre, alors qu'ils ont su l'enchaîner.

FIN DU QUATRIÈME CHANT.

Chant Cinquième.

ARGUMENT.

' Clodoër est proclamé roi de Picardie, il maintient le droit
de jambage, et le fait exécuter avec plus de rigueur encore ;
édit qu'il promulgue ; détails des moyens qu'il établit ; les Picards veulent secouer le joug de Clodoër et rappellent le fils
de Roricon ; Algonde lui apprend la triste position des Picards
et la captivité de son père ; Monfort abandonne Lille et arrive
à Bapaume, il enlève Roricon de la tour et rédige un cartel
qu'il adresse à tous les hauts barons de la Picardie ; Clodoër
fait un appel à tous les seigneurs de l'Artois ; bataille ; Clodoër
est vaincu et fait prisonnier par Monfort qui lui rend ses états
et sa liberté, à la charge de se reconnaître vassal du roi de
Picardie ; Aldhême se met à la tête des dames de Péronne
qu'elle commande ; elle attaque Albert qui s'était emparé de la
tour ; ruse qu'elle employe pour le forcer à se rendre ; il capitule ; article plaisant de la capitulation qu'Albert est contraint d'exécuter ; paix générale ; Te Deum ; fêtes à la cour
de Péronne ; on joue une pièce qu'on appelait en ce tems,
Mystères ; Algonde se trouve en scène incognito ; scène singulière ; Algonde retourne à Lille où Monfort va la rejoindre ;
il trouve la gondole et le nain Almansor.

Vous avez vu quelquefois ces orages
Qui, dans les champs vont porter leurs ravages,

Sont-ils passés, un rayon créateur
Ranime tout, rend la vie à la fleur,
Il vient sécher l'onde qui couvre l'herbe,
Le lys courbé se relève superbe,
Avec fierté recouvrant sa grandeur,
Il reparaît avec plus de splendeur;
Tout s'embellit dans l'empire de Flore,
Bouton de rose est plus pressé d'éclore,
Les bois, les prés, les gazons sont plus verts,
Un doux parfum se répand dans les airs,
Iris déploie à nos yeux sa ceinture,
Et, les oiseaux, reprenant leurs concerts,
Semblent unir partout leurs chants divers,
Pour rendre grâce au roi de la nature.

Les bons Picards s'apperçoivent qu'en vain
Ils ont fait choix d'un nouveau souverain,
Ses beaux discours avaient pu les séduire,
Mais, sous le joug ayant su les réduire,
Il ne tient rien de ce qu'il a promis,
Tous les impôts qu'il jura de détruire
Sont augmentés, à peine recueillis
Le vin, les blés, par des soldats sont pris,
Et les sujets de ce nouvel empire
Sont écrasés comme un peuple conquis,
Loin d'abolir l'affreux droit de jambage,
Le roi d'Artois le trouve fort joli,

A chaque noce il faut lui faire hommage
De cette fleur que, souvent, le mari
Cueillait d'avance à la ville, au village,
Pour être sûr qu'elle serait à lui ;
Mais le tyran piqué de cette injure,
Par un édit, oblige les mamans,
Quand une fille atteindra quatorze ans,
De l'enfermer... bientôt cette loi dure,
De tous côtés révolte les amans,
Toujours hardis, et que l'amour protège,
« Reconquérons un juste privilége,
Devient le cri général des Picards,
Qu'un si long jeûne a rendus moins couards.
« Il faut sortir de cet état d'alarmes,
» Réveillons-nous, chassons ce Clodoër,
» Il nous a pris nos vierges et nos armes,
» Reprenons-les, vengeons-nous par le fer,
» Le fer ! le fer ! il fait plus que des larmes !

Ce cri de guerre est répandu partout,
Et précédé par un pélerinage :
Les prétendus vont dans son hermitage,
Intercéder l'illustre Saint Jean Goud,
Jeunes et vieux, filles mûres et vierges,
A son autel vont brûler force cierges,
Et demander au saint, avec ferveur,
De susciter pour leur cause un vengeur.

Ah ! ce vengeur après qui l'on soupire,
Se montrera pour sauver cet empire,
Il prouvera qu'un galant paladin,
Peut s'oublier aux genoux d'une femme,
Mais qu'au moment où l'honneur le réclame,
En peu de tems il fait bien du chemin.

Monfort, heureux auprès de son amie,
Comme Renaud, passait gaîment la vie ;
Dans un donjon il restait tout le jour,
Là, soupirant son éternel amour,
Loin des drapeaux et du champ de victoire,
Peu tourmenté des rêves de la gloire,
Il variait ses passe-tems divers,
Jouait du luth et composait des vers,
En attendant que la nuit désirée
Le rapprochât d'une amante adorée.

Déjà Vesper brillait sur les côteaux,
Il précédait la nuit silencieuse
Qui, sur la terre, amène le repos,
Heure à l'amant toujours si précieuse !
La tendre Algonde a versé bien des pleurs,
Des bons Picards elle sait les malheurs ;
Ils appelaient un preux pour les défendre,
Ainsi qu'Agnès, [1] elle-même va rendre

---

[1] Agnès SOREL, maîtresse de Charles VII.

A son pays, l'illustre rejeton,
Qui d'un brigand vengera Roricon.

Cachant les pleurs qui baignent son visage,
Et ranimant ses forces, son courage,
Sitôt que l'ombre a voilé tout le ciel,
Elle se rend auprès du Damoisel,
D'abord l'embrasse, et lui tient ce langage.

« Séparons-nous, Monfort, tu dois penser
» Que ce mot coûte à mon âme sensible,
» Mais le devoir avant tout doit passer,
» Pour un français il n'est rien d'impossible,
» Venge ton roi qu'on a fait prisonnier. —
— » Mon père! ô ciel! quel attentat horrible!
» Quoi... ses sujets pourraient-ils oublier...—
— » Clodoër seul l'arrache de son trône,
» Rends à ton Roi, son sceptre, sa couronne,
» C'est à son fils de punir cet affront,
» Pars, cher Monfort, tes sujets t'aideront,
» Au champ d'honneur ils t'appellent, t'attendent,
» Mille guerriers à grands cris te demandent,
» Mais loin d'Algonde, écris-lui chaque jour,
» C'est à l'amour de consoler l'amour,
» Tu m'écriras sur le champ de bataille,
» Partout enfin... je l'exige... il le faut,
» Même au moment de livrer un assaut,

» Avant, après, du haut d'une muraille,
» Sur les crénaux, même sur ton écu,
» Rien que trois mots.... *Algonde j'ai vaincu !*
» De cette nuit goûtons encore les charmes,
» Que ton adieu soit celui d'un guerrier,
» Lorsque la gloire attend mon chevalier,
» Je rougirais de répandre des larmes...»
Et cependant elles mouillaient ses yeux,
Monfort ému de ce récit affreux,
Donne l'essor à sa juste colère.

« Un roi félon tient prisonnier mon père,
» Et jusqu'ici vous m'avez fait mystère
» D'un attentat, qui révolte mon cœur,
» L'amour peut-il faire oublier l'honneur ?
» Je punirai ce brigand téméraire,...
» Ma douce amie, il faut nous séparer,
» Je reviendrai couronné par la gloire,
» Oui, Monfort veut qu'au champ de la victoire
» Un plus beau nom puisse encor l'honorer,
» Ce fer va rendre à mon roi sa couronne,
» Aimé de toi, qui me vaincra?.. personne. —
Près de quitter pour long-tems ce palais,
Monfort agit en chevalier français,
Dans ses transports le héros multiplie
Baisers, larcins, excusés par sa mie,
Il précipite, il est vrai, ses adieux,

Car les momens pour lui sont précieux ;
L'heureux mortel, presque l'égal des dieux,
De la couronne enfin se montre digne,
Elle s'échappe alors du bec du cigne,
Et va tomber sur le front du guerrier,
Qui se promet d'y joindre le laurier.
Non, non, ce preux n'attendra pas l'aurore,
Pour s'éloigner de celle qu'il adore,
Malgré la nuit, s'arrachant de ses bras,
Hors du palais il dirige ses pas,
Gagne le port, où l'attend la gondole,
S'embarque, aborde, et, bravant les hasards,
Monte à cheval, droit à Bapaume il vole,
Impatient d'atteindre ses remparts.

Avant le jour au Donjon il arrive,
Seul, un soldat lui crie : « Halte, qui vive ? —
— » France,.. répond l'intrépide Monfort,
En abattant le chef du sentinelle,
Et l'envoyant dans la nuit éternelle,
Puis revêtu des dépouilles du mort,
De son Haubert, sans guide, sans escorte,
Rapidement, il gagne la prison,
Où, dans les fers on tenait Roricon,
D'un coup de hache il fait sauter la porte,
Court à son père et remet dans ses mains
Sa noble épée en lui criant : « courage,

» Venez venger le plus sanglant outrage,
» Dieu, votre fils, veillent sur vos destins. »

Grâce à la nuit ils sortent de Bapaume,
Dans une église au pied du maitre-autel,
Les souverains rédigent un cartel,
Pour l'adresser aux braves du royaume,
Qui répondront aux vœux du Damoisel.

Electrisés par un semblable appel,
Les hauts Barons s'empressent de s'y rendre,
Les *Goyancour*, les *Rouvrai*, les *Sailli*,
1 Les *Saint Quentin*, les *Monsures*, *D'Ailli*,
Au champ d'honneur ne se font pas attendre,
Cent chevaliers, guidés par un *Mailli*,
Veulent aussi partager tant de gloire.
2 Monfort remet au sire de *Cléry*,
Un étendard, garant de la victoire,
Que l'ennemi verra souvent de près,
Et qu'à ce brave il ne prendra jamais.
3 Le vieux *Guiry*, connu par sa vaillance,
Ce protecteur de l'antique Vulxin,
Ce digne aïeul du pieux Saint Romain,
Avec orgueil reprend encor sa lance,
Qnand les lauriers aux braves sont promis,
Tous sont jaloux de mériter ce prix,
Ces chevaliers qu'un même esprit rassemble,

Triompheront, ou périront ensemble,
[1] *A la recousse est le cri général,*
Pour des français un combat vaut un bal.

De son côté, le roi d'Artois appelle
Ses hauts Barons, qui trouvaient bien plus doux,
De déflorer en paix gente pucelle,
Et d'obtenir tous les droits de l'époux,
Que de se battre... Ah ! la gloire vaut-elle
Leurs belles nuits ! Ils partent, convaincus
De leurs revers, et qu'ils seront battus
Par les maris, qu'ailleurs ils ont vaincus.

Dans une plaine on livre la bataille,
On va frappant et d'estoc et de taille,
Ce Clodoër, heureux dans un boudoir,
Voit sa fortune en peu d'instans décheoir,
Pour animer sa troupe il a beau faire,
Tous ses soldats roulent sur la poussière,
Bref, de Bapaume, on lui reprend le fort,
En mille éclats la porte en est brisée,
Sur les crénaux, du courageux Monfort,
Avant la nuit, la bannière est placée,
Le roi d'Artois fuyant dans les guérets,
Est, par *Genlis*, bientôt serré de près,

[1] Cri de guerre ancien, c'était celui de Charles VIII à la bataille de Fournoue.

On le saisit, quoiqu'il demande grâce,
Et sur-le-champ on le mène à la tour;
De Roricon il va prendre la place,
Et réfléchir sur le sort à son tour.

Le seul Albert, digne soutien du trône,
A fait serment de conserver Péronne,
Mais ce *Lepide* a déjà contre lui,
Les habitans, surtout plus d'un mari,
Promulgateur de maints édits infâmes,
Le cher seigneur a contre lui les femmes,
Que fera-t-il avec sa garnison
Qu'humiliera bientôt la fière *Aldhême?*
Elle déploie en cette occasion,
Talent, génie, une bravoure extrême,
Un coup d'œil d'aigle, et le cœur d'un lion.

Elle a conduit son leste bataillon,
Près des glacis de l'antique donjon,
Où sire Albert, pour doubler leur courage
Après l'assaut, promet à ses soldats
De l'or, du vin, un immense pillage,
Et du plaisir, qu'ils ne goûteront pas,..
» Rends-toi, lui dit la superbe Amazone,
» Cesse, brigand, de commander ici,
» Songe à l'oracle, il a dit que Péronne
» Serait toujours pucelle...— » Il a menti,

Répond Albert, « et si, sur nos dépouilles,
» Son bataillon féminin a compté,
» Prends celles-ci,... le mien, par charité,
» Veut bien t'offrir de filer ces quenouilles. »

Et dans l'instant, les soldats, des créneaux
Lancent en bas, quenouilles et fuseaux,
Le bataillon féminin s'en empare,
En répondant par un cri général.

« Nous acceptons le présent, oui, barbare,
» Aux tiens, à toi, ce don sera fatal,
» Tremble »... Aussitôt de l'énorme poupée [1]
Dont sa quenouille était enveloppée,
La fière *Aldhème* ayant fait un trophée,
Dit à ses sœurs : « De ce vil étranger,
» Ce lin, mes sœurs, saura bien nous venger,
» Prenez celui dont il nous fait hommage,
» Que dans ces murs il porte le ravage,
» Sous les débris de ces toîts embrâsés,
» Que ces brigands bientôt soient écrasés. »

Elle l'attache à la flèche rapide,
Y met le feu, la lance dans les airs;
Un vent propice, en un clin d'œil, la guide,

---

[1] On appelle une poupée, le paquet de lin ou de chanvre qu'on attache
à la quenouille pour le filer.

Sur des pignons, par les tems découverts,
De mille traits cette flèche est suivie,
Bientôt partout se répand l'incendie,
Tandis qu'en bas, nouvelles [1] Talestris,
Deux cents beautés que la fureur transporte,
S'électrisant par des chants, par des cris,
Du vieux donjon vont embraser la porte.

Déjà le feu gagne ces ais mal joints,
Mailli, *Rouvrai*, par des braves rejoints,
A l'opposé, cernent la citadelle,
Contre les murs chacun place une échelle,
En s'écriant, *Victoire*!.. Saint Jean Goud!..
Les assiégés répondent par... *coucou*,
Ce mot piquant redouble la colère
Des chevaliers; dans ce groupe aguerri,
Il se trouvait alors plus d'un mari,
Dont la moitié, si le sort est contraire,
Pouvait fort bien payer au sire Albert
Le droit maudit,.. craignant ce sort sinistre,
On se promet de traiter le ministre
Comme on traita Monseigneur Clodoër.

Le sire Albert doutant de sa conquête,
Déjà commence à perdre un peu la tête,

[1] TALESTRIS reine des Amazones.

La mort l'attend, et s'offre à lui partout,
Pour résister, son génie est à bout.
C'est d'un côté, la flamme dévorante,
Le fer de l'autre, à ses tristes soldats,
Il crie en vain : « ferme, ne cédez pas ».
Plus il attend, plùs le danger augmente,
Bientôt lui-même est glacé d'épouvante,
Quand, de ses gonds tombant avec fracas,
La porte, en feu, se disperse en éclats.

Sur ces débris la superbe amazonne
S'élance, et crie aux belles de Péronne,
« Point de quartier et qu'ils n'échappent pas ».
Les Paladins, dignes soutiens des belles,
De tous côtés fondent par les tourelles,
Et les soldats du pauvre Clodoër,
Malgré les lois du général Albert,
Criant... merci... se rendent aux pucelles,
Trop honorés d'être leurs sentinelles.
Les chevaliers se rangeant autour d'elles,
Laissent le droit, acquis à la beauté,
De rédiger les clauses du traité.
Il est humain, sans ravir les dépouilles
Des ennemis à ses pieds abattus,
La noble *Aldhème* exige des vaincus
Qu'ils fileront à leur tour les quenouilles,
Albert, lui-même, est forcé d'obéir ;

Comme il pourrait ne pas trop réussir,
(Quand on débute on fait mal un ouvrage),
L'état major du congrès féminin
Veut, qu'au couvent il demeure en ôtage,
Il filera le soir et le matin,
Pendant un an, pour son apprentissage.
Or, vous voyez que, dès qu'il est vainqueur,
Le sexe prouve en tout tems son bon cœur.

Monfort de même embellit sa victoire
Par la clémence, elle double sa gloire,
A Clodoër, qu'il tenait sous ses lois,
Il rend la paix, ses états, sa couronne,
Nouvel Auguste, en ce jour il pardonne,
Belle leçon que suivent peu les rois,
Par un traité que la sagesse ordonne,
Que n'eut point fait un vainqueur moins loyal,
De Roricon, ce roi devient vassal,
Quand le premier rentrera dans Péronne,
Le roi d'Artois, à pied, bien humblement,
De Roricon tenant la Haquenée,
La conduira, comme l'altier *Aman*,
Jadis, à Suze, a conduit *Mardochée*,
Par l'ordre exprès du monarque Persan.

Des souverains la lutte étant finie,
Le Damoisel retourne en Picardie,

Il abolit d'abord ce droit honteux
A la pudeur, à l'hymen odieux,
Loin de punir ce peuple trop volage.
Que le malheur a su rendre plus sage,
Roricon veut, oubliant ses erreurs,
Par le pardon s'attacher tous les cœurs,
Et ce pardon, qui servira d'exemple,
Sera juré devant Dieu... dans son temple.

Il vient enfin ce moment solennel,
Où tout un peuple invoque l'Éternel !
Ne doit-il pas des actions de grâces
Quand sa bonté fait paraître un héros
Qui, du malheur vient effacer les traces,
Dont le génie étouffant les complots,
Les factions parmi toutes les classes,
Après l'orage assure le repos ?
Vers ce beau temple on voit courir la foule,
Femmes, vieillards, comme le flot qui roule,
Les vieux soldats portent les étendards,
Qui de Bapaume ombrageaient les redoutes,
Tous ces faisceaux de bannières, de dards,
Du temple saint pavoiseront les voûtes,
De l'orgue ancien, les sons majestueux
Vont se mêler aux chants religieux,
Prêchant à tous le pardon, l'indulgence,
Un saint ministre attendrit tous les cœurs,

Par un discours, dont la douce éloquence
Ramène à Dieu ses nombreux auditeurs,
Le moindre autel est paré de guirlandes,
Les troncs ouverts reçoivent les offrandes,
Tous les partis semblent se réunir,
Chacun abjure et le fiel et la haine,
6   Et des horreurs, que l'anarchie entraîne,
Un *Te Deum* éteint le souvenir.

Perçant les flots d'une foule nombreuse,
Qui, par ses cris prouve qu'elle est heureuse,
Des bons Picards le monarque enchanté,
Vers son palais lentement va se rendre,
Sur son chemin la curiosité
Fait accourir le peuple pour l'attendre,
On veut surtout voir le sire d'Artois
D'un palfrenier jouant le triste rôle,
Le calembourg de bouche en bouche vole,
Il est si gai d'en faire sur les rois !
Quand on n'a point à craindre la Bastille,
Pour un bon mot, pour une peccadille.

Un roi vainqueur, plus chéri chaque jour,
Doit s'occuper des plaisirs de sa cour;
Or Roricon, égayant ses conquêtes,
A ses sujets donne fêtes sur fêtes,
Le jour se passe en spectacles pompeux,

En bals parés, dans un tournois on joûte,
Quand la nuit vient, des lampions nombreux
D'un vif éclat font resplendir les cieux,
De ces plaisirs, Monfort jouit sans doute?
Non, il se montre un moment au banquet,
Puis il s'en va rêver, dans un bosquet,
A son Algonde, il fuit toutes les dames
Qui soupirant de leurs frais superflus,
Sur Monseigneur lancent des épigrammes,..
« C'est un eunuque, un nouveau *combabus*,
» Un homme enfin, dont on ne peut rien faire ! »

Sa douce mie, hélas ! craint le contraire,
Après avoir brillé dans les combats,
Pourquoi ce preux ne revient-il donc pas ?
La renommée, alerte messagère,
Qui ment parfois, ou du moins exagère,
Sème dans Lille un bruit inquiétant.
A cent beautés Monfort parait charmant !
Toutes voudraient l'enchaîner et lui plaire,
On craint de perdre un aussi rare amant,
A qui le ciel donna tout pour séduire :
Il faut parer ce funeste accident,
Sans faire éclat, il ne pourrait conduire
Qu'à s'afficher, le sexe tient toujours
Au décorum, et surtout dans les cours.

Très à propos on apprend pour la fête,
Un opéra que notre amant, poète,
A composé jadis dans son donjon,
Il a choisi pour sujet de la pièce
Un épisode en situation,
C'est le moment où Diane, en cachète,
Vers Héraclée enlève Endimion,
Qui doit jouer cette chaste déesse ?
C'est Aloïse ; au rôle du berger,
L'aimable auteur a daigné déroger.

Au cher papa de la jeune princesse,
Algonde écrit qu'elle voudrait un soir,
Incognito, dans ses jardins le voir,
Durson était le confident intime
De la comtesse, il est seul à la cour,
Très au courant de ce discret amour
Qu'un jour l'hymen rendra plus légitime.
De trop jaser il n'eût jamais le tort,
Au rendez-vous, Durson saura se rendre,
Sans trop parler, on sait se faire entendre,
On se concerte, et l'on convient d'accord
D'un moyen sûr pour enlever Monfort.

Durson d'abord voit la jeune épousée,
Lui parle ainsi... « Pour la fête annoncée

» Tu dois jouer un rôle, mon enfant?

» Tu peux compter sur un succès brillant,

» Ton rôle est beau! mais, ce qui me chagrine,

» C'est qu'on prépare une grande machine

» Pour t'enlever à la fin, et j'ai peur...

» Je crains... vois-tu... qu'une corde ne casse,

» Eh quel affront alors pour ta pudeur!

» Si, dans la chûte... on conçoit ma frayeur, —

» — Oh je consens que l'on prenne ma place,

Dit Aloïse, en rompant l'entretien,

» A-t-on quelqu'un? — « Oui, qui jouera [fort
                                                    bien,

» Je t'en réponds,... le dénouement sublime

» Nous sert au mieux,.. l'actrice pantomime

» Ne parle pas, le geste alors suffit,

» Ainsi tu vois qu'alors une autre actrice

» Peut, — « J'y consens, c'est me rendre service,—

» — Tu céderas ton rôle et ton habit, —

» — Ah, mon papa, que vous avez d'esprit! »—

Durson ravi de l'échange propice,

Va retrouver la comtesse, et lui dit :

Je vous attends au théâtre à minuit.

L'instant fixé pour ce brillant spectacle

Arrive enfin, point d'accident, d'obstacle,

La salle est comble, Aloïse au parfait

Remplit son rôle, en nuance l'effet,
C'est bien Diane elle en a la décence,
Le beau pasteur garde un profond silence,
Il dort, et ferme!... on jouit, on attend
Sans le prévoir, l'acte du dénouement.

Vous avez lu votre mythologie?
Vous savez tous que la sœur d'Apollon,
Sur le Lathmos, montagne de Carie,
Toutes les nuits joignait Endimion,
Quoiqu'il dormît d'un sommeil très-profond,
Ce fût, je crois, cette bonne fortune,
Qui nous valût les éclipses de lune;
Pauvres mortels, les célestes ébats
Nous font, parfois, quelque tort ici-bas!

Sire Durson, très-fidèle à son pacte,
Pour le remplir profite d'un entr'acte,
Couvre d'un voile Algonde, et la conduit
Dans une loge, où, l'aimable Aloïse
Cède son rôle en fille très-soumise,
L'arc, le carquois, le croissant et l'habit,
Le troc se fait sans témoin et sans bruit.

Grâce au secours d'un philtre narcotique
Endimion Monfort est endormi,
Tout le théâtre, en entier obscurci,

Prête à l'erreur, l'adroite mécanique
Achevera la scène du roman,
Sire Durson que la sçène seconde,
Dans le châssis fait vite entrer Algonde.

Du haut du ceintre aussitôt, lentement,
De tous côtés descendent des nuages,
Dont l'art trompeur sût cacher les cordages,
Le sifflet part, et l'on voit à l'instant,
Se partager ce voile diaphane,
Alors paraît la superbe Diane.

Algonde est près du plus beau des amans,
Son geste peint le trouble de son âme,
De la pudeur les combats impuissans,
Et les transports de l'amour qui l'enflâme,
Bien prudemment, dans le trou du souffleur,
Durson épie et l'amante et l'acteur,
Son œil surtout guette la souveraine,
Qui, se laissant entraîner par son cœur,
Met tant de feu, d'action, dans la scène,
Embrasse tant son jeune chevalier,
Qu'il pourrait bien cesser de sommeiller,
Eh ! quel effet, s'il allait s'éveiller,
Hé vite, hé vite, un changement à vue,
Le machiniste alors lâche une nue,

Une autre croise, et cache à tous les yeux
Le couple amant, qui, par la même route,
Pompeusement remonte dans les cieux,
Sans que Monfort de la scène se doute,
Tant l'opium, qu'amplement il a pris,
Le fait dormir, on demande à grands cris
L'auteur qui fit cette charmante scène,
« C'est de mon fils! qu'il vienne! qu'on l'amène,
Dit Roricon, pleurant de tout son cœur,
De tous côtés on cherche en vain l'auteur,
Car profitant du sommeil léthargique
La tendre Algonde a fait ce qu'*Angélique*
Tenta jadis, elle enleva *Médor*,
De même, Algonde, en ce moment critique
A prudemment, fait enlever Monfort,
Qu'elle a remis au fidèle Almanzor,
Pour le mener rapidement à Lille,
Toujours dormant du plus profond sommeil,
Dont il ne sort qu'au lever du soleil,
L'étonnement à rendre est difficile,
Quand le berger, s'éveillant un peu tard,
Encor drapé de l'habit de son rôle,
Se voit couché dans un superbe char,
« Oh! oh! dit-il, la scène est assez drôle!
» Je cours les champs! dans un char! comme
                               donc!

» Va-t-on jouer quelque nouveau tenson ?
» Serait-ce encor un tour de mon Algonde ?
» Si, pour la voir il faut courir le monde,
» Très-volontiers. » Almansor lui remet
Un billet doux qui trahit le secret,
Monfort y lit les ordres de sa mie
Au nain fidèle, et qu'elle est obéie.

On attendait cet amant désiré,
Pour son retour tout était préparé,
Trente chevaux de distance en distance,
Sont disposés pour faire diligence,
Suivant ses vœux le cher sire est servi,
Il va le diable, oh, comme il est ravi !
Quand il revoit approcher la gondole,
Les matelots, le pilote discret,
En peu de tems, grâce au souffle d'Eole,
Le voilà sûr de faire le trajet.

Dans ses détails, d'une prudence extrême,
On reconnaît la femme qui nous aime,
Lorsque, jadis, heureux comme Monfort,
J'étais aimé de ma belle maîtresse,
D'un rendez-vous, quand nous étions d'accord,
Rien n'échappait à sa délicatesse,
Tous les détails étaient de son ressort,
Le feu, le bain, les draps blancs, la cantine,

La poule au riz , de la meilleure mine ,
Qui me faisant, dans mon brûlant transport,
Un autre effet qu'à monsieur de *Melfort.*

FIN DU CINQUIÈME CHANT.

wwwwwwwwwwwwwwwwwwwwwwwwwwwwwwwwwwwwww

Chant Sixième.

ARGUMENT.

Monfort retourne à la Cour de la comtesse de Flandre ; le
nain Almansor le conduit au palais pendant la nuit, avec une
lanterne qu'il oublie de remporter, dont Monfort s'empare , et
qu'il cache sous un sopha ; Algonde rejoint le Damoisel :
ivresse de part et d'autre ; scène de nuit ; Monfort profite du
moment où Algonde est ensevelie dans le sommeil le plus profond pour voir sa figure qu'il ne connait pas encore ; usage qu'il
fait de la lanterne ; Algonde s'éveille , et reproche à Monfort
d'avoir manqué à son serment ; les deux amans sont sur le
point d'être surpris par l'arrivée subite d'un ambassadeur d'Albujaras souverain de l'Owerissel , qui est accompagné de toute
la cour ; subterfuge qu'Algonde emploie pour dérouter les
soupçons ; l'ambassadeur d'Albujaras est introduit dans l'appartement de la comtesse de Flandre ; propositions qu'il fait
de la part de son souverain ; réponse d'Algonde ; l'ambassadeur se retire ; Algonde donne à Monfort son congé , et le fait
chasser du palais avec défense de la voir ; Elphise sœur d'Algonde s'acquitte du message ; désespoir de Monfort ; sensibilité
d'Elphise ; Monfort quitte la Flandre.

Je ne suis pas de ces grands casuistes,
Jugeant des riens avec sévérité,

De ces vieillards, aussi dupes que tristes,
Condamnant tout, même un peu de gaîté,
Je sais fort bien que leur secte sévère
Blamant l'erreur, même la plus légère,
Damne un pécheur, et pour l'éternité;
Je ne suis pas non plus de cette secte
Qui rit du sexe et fort peu le respecte,
Et qui soutient que, lui faire un serment,
N'engage point et le rompt lestement:
A sa parole il faut être fidèle,
Voyez ce preux du tems de Dagobert,
Ce tant loyal et si courtois Robert!
Agit-il bien avec la vieille Urgèle,
« *Fermant les yeux et se bouchant le nez,* »
Il va fêter ses appas surannés,
Il a promis, il remplira son rôle,
Loyalement il tiendra sa parole;
Monfort a fait un serment comme lui,
Le tiendra-t-il? il serait bien frivole
S'il ressemblait aux amans d'aujourd'hui.

A Lille enfin le Damoisel arrive,
Il faisait nuit, la comtesse attentive,
Avec prudence, ou, je crois à dessein,
Avait remis à son fidèle nain,
Une lanterne, article nécessaire,
Aux amoureux, alors, qu'avec mystère,

Bien déguisés ils quittent leur logis,
Pour remplacer les paisibles maris.

Au souterrain l'amadis suit son guide,
De voir sa belle on sent qu'il est avide,
Ce doux retour a pour lui tant d'appas !
Malgré l'esprit du bonneau subalterne,
Le Damoisel conserve la lanterne,
Le nain l'oublie et s'échappe à grands pas.

Le voilà donc chez sa dame chérie !
Est-elle jeune? et bien faite et jolie?
C'est un mystère encor, il le saura,
Pour l'éclaircir ce fanal servira,
Il le dépose exprès sous un sopha.

Algonde arrive, il me faudrait ta lyre,
[1] O Jean second ! pour peindre à mon lecteur
Ces deux amans, leur transport, leur bonheur,
Et l'abandon d'un mutuel délire,
Pour ce tableau, deux mots doivent suffire,
Algonde est tendre et Monfort est aimé.

Dans un entr'acte, il risque la peinture,
De ses succès, conte son aventure,
Avec l'archer, comme il l'a désarmé,

[1] Auteur du poëme des Baisers.

Comme il sauva du donjon de Bapaume
Son père captif, chassé de son royaume,
Mais sur son trône à jamais rétabli ;
Monfort détaille avec feu ses conquêtes,
Très-froidement il parle de ces fêtes
Qu'à son retour on a données pour lui,
Loin de sa belle, il n'a vu que l'ennui.

« Quoi, dit Algonde, en jouant cette pièce,
» Faite par vous.. cependant la déesse
» Est fort jolie,... au moins on le disait, —
— » Elle serait Vénus, Diane, Flore,
» Sans égaler la beauté que j'adore,
» D'ailleurs mon rôle était presque muet,
» Pendant un acte entier, — « l'acteur dormait?
» Un doux baiser cependant l'éveillait ? —
» — D'où savez-vous ce détail, je vous prie?
» De mon programme auriez-vous la copie ? —
— » J'ai fait bien mieux que le lire,.. entre nous,
» Car j'ai joué la déesse avec vous,.. —
— » Vous ! comment donc ? — « un philtre
                                narcotique
» Vous procurant un sommeil léthargique,
» Qu'il me fût doux, devant toute une cour
» De vous donner le baiser de l'amour !
» Je jouissais de ce piquant mystère,
» Je bénissais l'heureuse fiction

» Qui, me créant Diane sur la terre,
» Me rapprochait de mon Endimion.
» Oui, cher Monfort, Algonde était Diane,
» Je l'avouerai, moins chaste, plus profane,
» Je perds sans doute à la comparaison ? —
» — Jamais, jamais, ô toi ! toi que j'adore,
» Que tant d'esprit rend bien plus belle encor .,
» Ah ! venge moi de ce cruel sommeil,
» Qui m'a privé d'un bonheur sans pareil ;
» Puisque je peux reprendre enfin ma chaîne,
» Recommençons cette charmante scène,
» Que ton amant redevienne berger,
» Et toi déesse, ah ! ce n'est pas changer. »

Mille baisers ébauchent la victoire,
Le Damoisel, brûlant du plus beau feu,
Unit le myrte aux lauriers de la gloire,
Et le mortel se conduit comme un Dieu ;
Il prouve tant son amoureux délire !
Que triomphant sous l'éloquente ardeur
De son héros, la tendre Algonde expire
De volupté, d'ivresse, de langueur ;
Un doux sommeil sur l'oreiller l'attire,
Mais sur sa bouche, un aimable sourire
Semble assurer le cher Endimion,
Qu'il peut sans crainte user de son empire,
Et sans douter un instant du pardon ;

Voyons comment Monfort va se conduire.

Un heureux calme enchaîne tous les sens,
De la beauté que le cher prince adore,
Il connaîtra les charmes qu'il ignore,
De les fixer le désir le dévore,
A ce désir, il résista long-tems,
Tout obtenir est le droit des amans;
Pour se venger d'un arrêt trop sévère,
L'instant propice enfin paraît s'offrir,
Est-il passé, comment le ressaisir;
L'amant aimé peut-être téméraire.

Légèrement il s'échappe du lit,
Sur le parquet pose le pied à peine,
Marche à tâtons, retenant son haleine,
Le moindre souffle et le plus léger bruit
Pourrait troubler ce repos qu'il bénit;
Vers le sopha, que son tact seul discerne,
Il se dirige et saisit la lanterne,
Qu'il réservait pour cet heureux instant,
Puis s'approchant d'Algonde doucement,
2   Il fait voler le voile qui la couvre.

De son fanal le verre qu'il entr'ouvre,
Lui laisse voir le plus superbe corps
Qui soit sorti des mains de la nature,

Que la raison lui commande d'efforts
Pour modérer ses trop justes transports !
En admirant cette douce figure,
Ce sein d'albâtre et ses boutons rosés,
Qu'il a couverts des plus tendres baisers,
Nul voile alors ne les cache à la vue ;
Belle comme Eve, Algonde est aussi nue, [1]
Monfort l'admire, éperdu, transporté,
C'est à la fois la grâce et la beauté,
C'est la fraîcheur de Cypris et de Flore,
Junon, Pallas, ont moins de majesté,
Tout est divin dans celle qu'il adore !
Le tendre amant, dans son délire heureux,
N'est plus mortel, il se croit dans les cieux.
Ne songeant point qu'il manque à la promesse
Qu'imprudemment il fit à sa maîtresse,
Ivre d'amour, dans ses bras il la presse,
Il l'enveloppe, ainsi que Mars jadis,
D'un bras nerveux enveloppait Cypris,
En s'écriant : Algonde ! elle s'éveille, —
— « Dieu ! je suis nue ! une audace pareille ?
» O déloyal !.. tes sermens oubliés, —
—» Grâce, pardon.. —fuis.. — « je meurs à tes
                                    à tes pieds..—»
Bien humblement le coupable s'excuse,

[1] Revoyez la note du premier chant.

Mais c'est envain, tout le confond, l'accuse.

L'aube du jour chasse déjà la nuit,
Rapidement l'ombre décroit et fuit,
Contre Monfort le destin se déclare,
Dans l'œil de Bœuf, [1] hélas! pour l'achever,
La cour se rend pour le petit lever,
La garde arrive et des portes s'empare,
Le beau galant est pris au dépourvu,
Comment sortir et ne pas être vu?
La dame aussi, peignez-vous sa toilette,
Elle n'est pas de l'exacte étiquette,
Pas un seul voile, ô ciel! quel embarras!
Tout le redouble en cette circonstance;
Un envoyé du prince *Albujaras,*
Doit présenter ses lettres de créance,
On a fixé pour ce jour l'audience,
La tendre Algonde, hélas n'y songeait pas,
Reine, ou princesse, alors qu'elle aime, oublie
Tous ces honneurs, dont l'appareil l'ennuie,
Il faut céder... quoiqu'on ait de l'humeur,
Et recevoir monsieur l'ambassadeur.

Algonde dit à son cher séducteur :

---

[1] On nommait ainsi la première salle qui précédait la chambre des Monarques à Versailles; je me suis servi de la dénomination connue de ma tems.

« R'habillez-vous... » le Jouvençel docile,

3 Vite reprend son habit de berger,

(Car vous savez qu'on l'a fait voyager

En impromptu, que le mercure agile,

S'est emparé de lui quand il dormait,

Et qu'en berger, il a fait le trajet ;)

Au Damoisel, séchement, elle ordonne

De s'établir sur un fût de colonne,

Qui, le matin, servait de piedestal,

Pour supporter une belle Erigone,

Qui vint depuis au palais cardinal,

Quand sur le socle est l'antique moderne,

Qu'on a caché la funeste lanterne,

Et qu'au scandale enfin on peut parer,

Algonde sonne, et dit : on peut entrer.

Auprès du lit toute la cour avance,

Suivant les us, le rang et la naissance,

L'ambassadeur arrive, et, poliment,

Fait en deux mots son petit compliment.

Alors Algonde, avec grâce et noblesse,

Avec ce ton, qui sied à la grandeur,

Dit à sa cour qui, près d'elle se presse,

« D'Albujaras, fidèle ambassadeur,

» Tu viens m'offrir une illustre alliance,

» Et proposer au nom d'un souverain,

» Égal à moi par sa haute puissance,

» De réunir, en lui donnant ma main,
» L'Owérissel à mon comté de Flandre?

   » J'accepte donc, ton maître peut se rendre
» Au jour fixé pour ce brillant tournois,
» Où la valeur décidera mon choix,
» De cet hymen, qu'Albujaras désire,
» Référendaire, organe de mes loix,
» Vous instruirez dans ce jour mon empire,
» Allez... » la cour s'incline avec respect;
A reculons l'envoyé se retire,
En s'éloignant, plus d'un seigneur admire
L'Endimion, dont l'habit est suspect,
On est surpris que, parmi vingt statues,
Du plus beau marbre, et, toutes presque nues,
Le beau pasteur soit le seul bien drapé,
Son coloris aurait surpris de même;
Mais par bonheur sa pâleur est extrême,
Car du discours qu'Algonde a prononcé,
Le malheureux est encor si glacé,
Que sur son socle il demeure tout blême.

   La foule enfin, de l'appartement, sort,
Algonde est seule,.. ô bonheur pour Monfort!
En bas du socle, à l'instant, il s'élance,
Court à sa belle et redouble d'instance,
Pour obtenir qu'on excuse son tort.

Mais rien n'émeut l'altière souveraine,
Pleurs, désespoir, regrets, sont superflus,
Et l'éloquence en ce moment est vaine,
Algonde enjoint ses ordres absolus.
« Sortez, parjure, et ne me voyez plus.. —
— » Ciel! quel arrêt! la bonne et tendre Elphise,
La sœur d'Algonde en ce moment de crise,
Parle en faveur de l'amant affligé,
On n'entend rien, il reçoit son congé,
En l'emmenant, sensible à sa souffrance,
Elphise dit au tendre Damoisel,
« Résignez-vous à cet ordre cruel,
» Sans toutefois perdre trop l'espérance,
» Je veux encor prendre votre défense,
» A son arrêt, ma sœur pourra surseoir,
4 » Cœur féminin, j'en ai l'expérience,
» Le matin boude, et s'appaise le soir. »

Le tendre amant que la douleur accable,
Cède à l'espoir qu'on offre à ses regrets,
Car pour plaider d'aussi chers intérêts,
Quel avocat vaut une femme aimable !
N'osant rester dans ce brillant palais,
Il va chercher les bois les plus épais,
Asile cher à la mélancolie,
Où tout le jour le malheureux s'oublie ;
Il peut du moins commander aux destins,

Et se livrer aux plus aimables songes,
Illusion, doux hochet des humains,
On est souvent heureux par tes mensonges!

La tendre Algonde, on doit bien le penser,
Ne parut pas de toute la journée,
Dans son boudoir demeura confinée,
Pleurant celui qu'elle vient de chasser;
En vain chez elle *Enjulbert* se présente,
Premier ministre, il venait lui parler
D'un vieil édit, qu'une crise pressante,
En ce moment force à renouveler,
Un bel esprit de son académie
Accourt, suant, lire sa tragédie,
Le sénéchal, escorté de ses clercs,
Vient pour sceller quarante arrêts divers,
Et des atours l'ouvrière occupée,
Fait apporter l'élégante poupée,
Qui doit offrir dans le plus grand détail
De l'art, du goût, l'industrieux travail,
Pour tant de soins, l'heure était mal choisie;
Avec humeur Algonde congédie
Et le ministre et la dame d'atours,
Le sénéchal, l'auteur, sa tragédie,
On les consigne au moins pour quinze jours,
Pendant lesquels on aura la migraine,
Bobo commode, il vous tire de peine,

Des ennuyeux, vous défait poliment,
Chasse un mari quand on attend l'amant,
Sert à la fois la grisette et la reine.

Algonde est seule avec sa bonne sœur,
Elphise cherche à calmer son humeur,
Sans murmurer, supportant les boutades,
Et le dépit, les reproches nombreux,
Tous les amans ressemblent aux malades,
Pour les guérir il faut parler comme eux ;
Elle convient que Monfort est coupable,
Mais cependant son tort est excusable,
Ce fût celui de la tendre Psyché,
L'amour contre elle un instant fût fâché,
Et pardonna, sera-t-on sur la terre
Plus rigoureux qu'au séjour du tonnerre ?
Eh quel amant n'aurait pas droit de voir
Une beauté qu'il tient en son pouvoir !

« Du déloyal qui ma déshonorée,
» Ma chère sœur, ne me parlez jamais,
» Que dans le jour, il quitte mon palais,
» Telle est ma loi, qui doit être sacrée.»

A cet arrêt, Elphise obéira,
Mais jusqu'au jour pourtant elle attendra,
Femme qui cède au dépit qui l'entraîne,
N'interdit pas tout espoir de retour,

Car le dépit, moins cruel que la haine,
Peut quelquefois ramener à l'amour.

Dans un bosquet éloigné, solitaire,
Avec frayeur le Damoisel attend,
Jusqu'à la nuit, de sa belle sévère,
Il peut du moins fixer l'appartement,
Et c'est assez pour un sensible amant,
En d'autres tems il eût été moins sage,
Par l'espérance et l'amour secondé,
Ce mur par lui serait escaladé,
Pour le bonheur, manque-t-on de courage!

Allant, venant, parcourant vingt bosquets,
Se rapprochant de ces belles demeures,
Notre Amadis compte toutes les heures,
Bénit la nuit et ses voiles épais,
Revient cent fois devant cette croisée,
Par vingt flambeaux la chambre est éclairée,
Là, pour calmer son douloureux ennui,
Il voit sa belle abattue, épuisée,
Que la douleur fait veiller comme lui.

Un bruit léger, soudain se fait entendre,
La bonne Elphise au bosquet vient se rendre,
Il faut remplir le message cruel,
Et du palais chasser le Damoisel,
Adoucissant un peu l'arrêt sévère,

Lui protestant qu'il afflige son cœur,
Serrant la main du jeune séducteur,
Et l'embrassant comme on embrasse un frère,
Elle lui dit : « Monfort, il faut partir,
» Attendez tout du tems, il peut guérir, —
— » Non, non, jamais... le chagrin fait mourir.»

Sur les côteaux brille l'aube limpide,
Qui, de l'aurore annonce le retour,
La fleur s'entr'ouvre à sa vapeur humide,
Le Rossignol reprend ses chants d'amour,
Rayonnant d'or, Phœbus, du sein de l'onde,
Va s'élancer pour éclairer le monde,
Le ciel offrant le calme le plus pur,
Va se parer de son voile d'azur,
Et la nature un instant engourdie,
Sort du néant et renaît à la vie.

Le Damoisel, exilé sans retour,
D'un œil chagrin voit la belle nature
De tous côtés reprendre sa parure :
Le bonheur seul fait jouir d'un beau jour.

FIN DU SIXIÈME CHANT.

~~~~~~

Chant Septième.

ARGUMENT.

Chassé du palais de la comtesse de **Flandre**, Monfort se retire au couvent de la Trappe, il y prend l'habit de novice; vicissitudes que sa dévotion éprouve; combats; l'Amour se ren
aux Enfers; traité fait entre Satan et lui; quatre péchés atta-
quent Monfort pendant son sommeil; un rêve détruit la réso-
lution du jeune novice; il se détermine à quitter le couvent
la Trappe; moyen singulier qu'il emploie pour sortir sa
qu'on s'apperçoive de sa fuite; canonisation d'un saint, voya-
du bienheureux; Monfort se trouve transporté dans le couve
des Visitandines dans la châsse du saint; il passe la nuit da
le Chœur; trois personnes sont chargées de le veiller; il fa
connaissance avec une jeune pensionnaire, qui, le prena
pour le saint véritable, vient faire sa prière devant la châ
et l'aveu de la passion qu'elle éprouve; Monfort reçoit la co
fidence, quel parti il sait en tirer.

Vous qui plaisez à l'ami de l'étude,
Au philosophe, ô douce solitude !
Vous êtes chère à l'amant malheureux,
Lorsque l'amour la trompé dans ses vœux,
Que cherche-t-il ? le calme et la nature,
Rêveur, pensif, au bord d'une onde pure,

Appréciant les charmes du repos,
D'un œil chagrin il contemple les flots.
Du tems qui fuit, ces flots sont la peinture,
Vous le voyez, bravant le dur hiver,
Dans les forêts, où l'âme se recueille,
Au pied d'un chêne, et contempler sa feuille,
Jouet du vent qui l'emporte dans l'air;
Sur le buisson, où son œil se repose,
En soupirant il aperçoit la rose
Qui le parait de sa vive couleur,
Pâle, séchée, alors il se rappelle
Les jours passés, mais présens à son cœur,...
« La fleur n'est plus ! dit-il, ah ! le bonheur
» N'a pas duré pour moi plus long-tems qu'elle ! »

Comme Monfort, jadis, je fus amant,
Et philosophe... un peu moins tristement.

Le Damoisel quitte la cour de Flandre,
Le cœur navré, quel parti va-t-il prendre ?
De Roricon reverra-t-il la cour ?
Non, les plaisirs y manquent chaque jour;
Le roi picard jouit d'un sort prospère,
De ses sujets il se montre le père,
Il fait du bien, des ministres choisis
Ont réparé les malheurs de jadis.
En quelqu'endroit si l'on faisait la guerre?

L'Europe est calme, et le Dieu des beaux arts
Vient consoler des désordres de Mars.
Monfort préfère au tumulte du monde,
L'oubli total, la retraite profonde,
Les malheureux aiment l'obscurité.
Pour le couvent son choix est arrêté ;
« Allons, dit-il, dans ces demeures sombres,
» Où la douleur prolonge encor les nuits,
» Sous un vieux cloître, où, l'épaisseur des ombre
» Convient à l'âme et nourrit ses ennuis,
» Là, chaque jour, je creuserai ma tombe,
» Fasse le ciel que, bientôt je succombe. »

1   Au fond du Perche, il existe un couvent, [1]
Dont on connait la règle très-austère,
Là, des mortels détachés de la terre,
Dans un long deuil attendent le néant,
Le Cénobite y couche sur la cendre,
Tout son repas est un rayon de miel,
Quelques vieux choux que saupoudre le sel,
L'eau sa boisson, c'est là qu'on voit descendre,
Plus d'un amant, trop déçu dans ses vœux,
Ou fatigué quelquefois d'être heureux;
Là, vous voyez ces fiers ambitieux,
Des rangs, des noms, jugeant l'insuffisance,

[1] La Trappe rétablie par l'abbé de *Rancé*.

Et le jaloux qui, sur un bruit menteur,
De son rival ayant percé le cœur,
Vient expier et pleurer sa vengeance.

Dans ce séjour où tout parait languir,
Où, sur les rocs une sombre verdure
Offre aux regards le deuil de la nature;
L'homme léger qui cherchait le plaisir,
N'y songe plus, renonce à le saisir;
L'amant oublie une douce victoire,
Le conquérant ne tient plus à la gloire,
Et pour de l'or l'avare est sans désir;
L'onde qui fuit, la paix silencieuse
Portent votre âme au long recueillement;
Là, fatigué de sa course orageuse,
Le vieillard pense au terme froidement,
Et dans les bois, le pieux solitaire,
Mort à la vie et martyr volontaire,
Les yeux baissés, muet à votre accueil,
Creuse sa tombe et ferme le cercueil
Qui doit livrer sa dépouille à la terre.

Le Damoisel se présente à l'abbé,
Et dit : « Jadis j'ai brillé dans le monde,
» A ses attraits je me suis dérobé,
» Pour m'isoler dans une paix profonde;
» Je quitte tout, parens, maîtresse, amis·

8

» C'est à Dieu seul que je me suis promis ;
» Dans ce couvent, recevez-moi novice. »

Monfort commence alors son sacrifice :
L'épaisse bure est son unique habit,
Pour sommeiller une planche est son lit,
Le jour entier il le passe à l'office,
Et bien souvent les trois quarts de la nuit,
Les végétaux composent sa cuisine,
On lui procure aussi la discipline,
Et la ciguë, et le froid Nénufard,
Qui font bientôt du jeune homme un vieillard.

Quelques élus tapissent sa cellule,
2 C'est un *Pacôme*, un *Arsène*, un *Gudule*,
Saints peu connus, habitans des déserts,
Qui, dans Pathmos avaient fui l'univers.
Du réformé, telle est la compagnie ;
Il faut y joindre une tête de mort,
Dont, certain soir, le vieux père *Ananie*,
Par amitié fit présent à Monfort,
En y joignant ce discours : « mon cher frère,
» Pensez beaucoup à votre heure dernière,
» Que ce moment terrible et solennel,
» Soit le signal d'un bonheur éternel ;
» Baisez souvent cette lugubre image,
» Qui nous prépare à la destruction ;

» Portez vos yeux sur elle avec courage
» Quand vous ferez la méditation.
» Vous connaîtrez ces mouvemens rapides,
» Cet élan pur vers des biens solides,
» Dans ce bas monde où règne un vaste deuil ;
» Prêt à briser sa demeure fragile,
» L'homme recule à l'aspect du cercueil,
» Il a bien tort... de la paix c'est l'asile. »

Un tel discours prouve bien qu'en ces lieux
On a l'esprit et le ventre fort creux.

Ne croyez pas que Monfort extravague
A ce degré ; faible encor par le cœur,
De son confrère il n'a pas la ferveur ;
Il s'en faut bien qu'un sale froc élague
Tout ce qui tient à notre humanité ;
Le pauvre amant, par le diable tenté,
Rêve à sa belle et baise encor sa bague.
On a beau fuir un objet trop chéri,
Dont la rigueur empoisonne la vie ;
On s'en souvient quand on croit qu'on l'oublie,
On tient aux dons que l'on reçut de lui.

Le jour, la nuit, Monfort parmi les anges,
De l'Éternel célébrait les louanges,
Il les chantait avec la piété

D'un cœur tout neuf, dont les transports étranges
Prouvent, hélas ! notre fragilité.

3   Être dévot si jeune , peut surprendre :
On le devient quand on a l'âme tendre .
Femme sensible, étant sur le retour,
Devient dévote, à Dieu son cœur se livre ;
Mais voyez-la , l'œil fixé sur son livre,
Sa piété ressemble à de l'amour,
Un doux soupir syncope chaque phrase ;
En invoquant son ange gardien ,
Elle les fixe avec une douce extase ;
4 Ce *Stanislas* , dit-on , était charmant !
5 Et je crois bien que , jadis , *La Vallière* ,
Mondaine encor, dans les murs d'un couvent ;
Toujours fidèle à son royal amant,
Rêvait l'amour en faisant la prière.

En débitant les psaumes, les versets,
Parfois Monfort éprouve des regrets ;
Près de l'autel à son amante il pense,
Et c'est en vain qu'il se tue à prier.

« Dans ce séjour fait pour la pénitence,
» Ma chère Algonde , ah ! j'ai cru t'oublier;
» Mais cet effort n'est plus en ma puissance,
» Moi ! t'oublier ! sans cesse je te vois,

» Je vois Algonde en fixant cette croix,
» Sur tous les murs je trouve son image;
» Je suis au pied de la Vierge, et je crois
» En elle voir l'objet de mon hommage.
» Religion, qu'aux autels tous les jours
» Trop vainement j'appelle à mon secours,
» Oui, je t'implore, occupe donc mon âme,
» Je t'en conjure; éteins l'ardente flamme
» Qui me consume, offre moi ton soutien,
» Pour remplacer le plus tendre lien;
» A ta bonté, Dieu puissant, je me livre,
» Viens à mon aide, efface de mon cœur
» Le souvenir qu'y laisse le bonheur,
» Ou frappe moi, que je cesse de vivre! »

Pour oublier Algonde et ses vingt ans,
Et rendre enfin plus de calme à ses sens,
Notre reclus lit quelques homélies
De *Tertullien*, chante les litanies,
Se fesse en plein, se met au cou la hart,
Boit un flacon entier de nénufar.
Las! rien n'y fait, le diable avec malice
Se rit du saint; le fripon, il est là,
Il veut souffler à la Trappe un novice,
Il fera tant qu'il y réussira.
Enfin rentré dans son triste hermitage,
Bien résolu d'opposer le courage

Au noir Satan , le néophite peint
6   Sur la muraille une tête de Saint ;
Mais le pinceau trompe encor sa pensée ,
Loin d'esquisser une tête glacée
Par le trépas, il trace un front riant,
Deux grands yeux noirs, un petit nez charmant;
Toujours distrait, un peu plus bas il pose
Les deux contours de deux lèvres de rose ;
Bref, il dessine un portrait ressemblant
A la beauté, qu'il maudissait pourtant.

Du cœur humain telle est l'inconséquence,
Je le sais trop, et par expérience ;
Plus d'un amant, le dépit dans le cœur,
Dans un accès.............. de délire ou d'humeur;
A son ingrate écrit : « Je vous abhorre ,
» Je vais vous fuir... nos liens sont rompus,..
» Perfide, adieu, je ne vous verrai plus. »
Et le billet finit par « je t'adore. »

Las ! de Monfort, tel est affreux destin :
La nuit, le jour, le soir et le matin,
Il veut éteindre un feu qui le consume ;
Un souvenir plus vivement l'allume,
Dans ses projets il flotte, et tour à tour
Il est dévot, mondain, froid, tout amour.

Le terme expire , il a fini l'année

De son pénible et dur noviciat ;
Le lendemain notre tiède béat,
Doit par des vœux fixer sa destinée :
Sortira-t-il de ce triste couvent ?
Sa liberté sera-t-elle enchaînée ?
Il se consulte, hésite, il est flottant.

Pour resaisir ce novice fervent,
L'amour malin se met de la partie,
La piété du Sire est affaiblie,
Elle chancelle, et le fils de Vénus
Voit que l'amant ne résistera plus.

Au petit Dieu qui gouverne le monde,
Comment Satan ne céderait-il pas !
Tous deux, d'accord, se servent ici bas.
Evoquant donc soudain l'esprit immonde,
L'amour lui dit : « A ton art j'ai recours,
» Il faut m'aider de tes puissans secours,
» Tu me dois tant ! parmi ces milliers d'âme.
» Qui, dès long-tems peuplent le noir séjour
» Combien d'amans, de maris et de femmes
» Je t'ai valu ! si j'ai peuplé ta cour,
» Acquitte donc ta dette envers l'amour;
» Oui, par tes soins il faut que je rattrape,
» Certain Monfort, qui végète à la Trappe ;
» Il fut mondain, il pourra l'être encor,

» Procure moi vite et de bon accord,
» Quatre péchés de bonne compagnie,
» Pour bien tenter ce frocard qui s'ennuie;
» Il doit demain prononcer certains vœux,
» Qui le rendraient pour toujours malheureux;
» Empêchons-les, rendons l'amant d'Algonde
» A ses liens,.. il est fait pour le monde. —
— » Soit, dit Satan, *Astaroth* et *Moloch*,
» Sauront ravir ce novice à son froc. »

Dès qu'il s'agit de lutiner un moine,
Seigneur Satan est toujours dévoué;
Par un frocard jadis il fût joué,
Il se souvient du chaste Saint-Antoine,
Qui fût bien près, nous dit une chanson, [1]
De succomber à la tentation :
Une Laïs faisait faillir l'hermite,
S'il n'eut pas pris vite son goupillon,
Pour l'asperger amplement d'eau bénite.

Le noir Satan fournit donc à l'amour
Quatre péchés, les soutiens de sa cour,
Le jeune Dieu, près de lui les rassemble,
Trace son plan et leur dit: « ce Monfort
» Paisiblement dans sa cellule dort,

---

[1] La tentation de Saint-Antoine, pot-pourri de *Sédaine.*

» Attaquez-moi ce dévot tous ensemble :
» Superbe orgueil , offre-lui ce laurier
» Qui doit toujours séduire un chevalier ;
» Douce paresse , et vous, fille chérie
» Du dieu Comus et rivale d'Hygie ,
» Tentez un peu ce triste pénitent,
» Qui dort si mal , et dîne tristement.

» Toi, qu'entre nous, adorait Epicure,
» O volupté, qu'on appelle luxure ,
» A ce novice offre tes doux plaisirs ,
» Brûle son cœur, irrite ses désirs,
» A la sagesse enfin qu'il fasse trève,
» Un tel miracle est l'affaire d'un rêve. »

L'orgueil débute et présente au dormeur
Ces lauriers chers au héros plein d'honneur.

Après l'orgueil, arrive la paresse ;
Au Damoisel, la paisible déesse
Désigne un lit au plaisir destiné,
Où, son amour fut souvent couronné.

La friandise, en épicurienne,
Étale aux yeux du béat transparent ,
Un beau souper, solide restaurant,
Surtout la truffe à la couleur d'ébène,

Que le novice aime excessivement,
Et que jamais on ne sert au couvent.

Dans un nuage azuré, diaphane,
Enfin paraît la déité profane,
Qui vit céder la pudique Diane.
Ayant près d'elle et les jeux et l'amour
Et les plaisirs, vrais soutiens de sa cour,
Tous sont groupés près de la jeune amante
Du Damoisel; la gaze transparente
Cache ses traits; mais d'un souffle léger,
De tems en tems zéphir sait l'agiter;
Avec tant d'art, le malin la soulève,
Que le dormeur, grâce au plus joli rêve,
Croit devant lui voir sa belle,.. comme Eve,
S'offrit jadis aux regards éblouis
Du bon Adam, le plus sot des maris.

A cette attaque, amis, je le demande,
Quel cénobite aurait pu résister ?
Un tel coup-d'œil serait fait pour tenter
Les Cardinaux, toute la propagande :
La chair est faible, et l'esprit est bien prompt.
Notre novice, à la séduction
Comme un mondain finira par se rendre,
Et quittera la lugubre maison ;
Par quel moyen ? je m'en vais vous l'apprendre.

Dans ce couvent qu'avait choisi Monfort,
Tout fraîchement étaient venus de Rome,
Bien embaumés les restes d'un saint homme,
Qui fut jadis hermite en Périgord ;
Et l'on devait chez les Visitandines,
Le lendemain, mener pompeusement
L'heureux élu, qu'à ces chastes béguines
Le saint Pontife envoyait en présent.
Sous un grand dais, tout garni de crépines,
La châsse était dans le milieu du chœur,
Châsse superbe, avec art décorée,
En or massif, de glaces entourée,
Pour que chacun vît le saint voyageur.
Comme le tems menaçait de l'orage,
On suspendit prudemment le voyage ;
Or, à la Trappe où Monfort s'ennuyait,
Pour une nuit la châsse séjournait.

Frère Monfort qui veillait auprès d'elle,
Pour mieux la voir approche sa chandelle ;
Il s'aperçoit qu'un des panneaux, mal joint
S'ébranle, et peut s'enlever au besoin ;
Fort satisfait du moyen qu'il découvre,
Il en profite, et sans bruit il l'entr'ouvre,
Bien doucement enlève le béat,
Sous un autel il le porte, et le couvre
D'un vieux tapis de velours incarnat,

Et dans la châsse il s'étend tout à plat.

L'aube parait, Phœbus sortant de l'onde,
De ses rayons vient ranimer le monde,
Un ciel d'azur promet un tems serein,
Sans nul danger on fera le chemin :
Grandes rumeur, les cloches argentines
Frappent les airs, le cortège aussitôt
Vient enlever le précieux dépôt
Tant désiré par les Visitandines ;
Le monastère attend l'heureux élu,
Dont le diplôme a d'avance été lu.

C'est le prélat, cher à ce diocèse,
Qui doit prêcher; dans la sainte maison,
Tout est en l'air pour sa collation :
Deux gros faisans, cinq chapons à la braise,
Tout doucement cuisent pour son bouillon;
Une novice et les pensionnaires
Vont rassembler les œillets, les iris,
Le doux jasmin; parcourent les parterres,
Pour enlever les muguets et les lys.
Sur le portail on place des guirlandes,
Des ex-voto, les plus riches offrandes,
Des orangers et les plus beaux tapis.

Le maître-autel qu'au grand saint l'on destine,

Est avec art restauré, décoré,
Il est drapé partout en mousseline,
De mille fleurs le rétable est paré;
On a fondu de jolis petits anges,
La sœur *Victoire* a brodé leurs atours,
Et l'on croirait, en lorgnant ces archanges,
Voir un essaim des plus jolis amours.
Des lampes d'or descendent de la voûte,
Pour éclairer le galant reposoir,
Si blanc, si frais, que l'œil ébloui, doute
Si c'est un temple ou si c'est un boudoir.

Monfort porté dans la superbe châsse,
Du saint manoir approche lentement,
Plusieurs courriers députés en avant,
Font éclaircir la troupe qui s'amasse,
Et, poliment, l'abbesse et son bercail
Vont recevoir le saint hors du portail.

Soudain on crie... Il arrive! il arrive!...
La foule augmente, on pousse, on s'invective,
Jeunes et vieux se pressent pour mieux voir,
On fait voler dans les airs l'encensoir,
On voit briller la joie au front des nones,
De leur abbesse et des jeunes personnes,
Qui, de leurs voix prodiguant les éclats,
Chantent en chœur,.. *Attollite portas.*

Pieusement vers la chapelle ardente
On voit filer cette troupe innocente ;
Le Damoisel, dans la châsse placé,
Est salué, d'eau bénite arrosé,
Il est couvert de fleurs à peine écloses,
On fait pleuvoir les jasmins et les roses ;
En son honneur l'encens est épuisé,
Il est lorgné par les sœurs, Dieu sait comme ;
L'une s'écrie, ah ! le joli jeune homme !
La sœur *Agnès* le fixe en rougissant,
10 Et la sensible et tendre *Pélagie*,
Depuis trois mois, dévote et repentie,
Au fond du cœur, éprouve en le voyant
Un remords de son premier amant.

Il est trop tard pour la cérémonie,
Qui, dans le jour ne serait pas finie,
On remet donc le tout au lendemain,
Le directeur et doyen par son titre,
Régalera l'honorable chapitre
D'un beau discours qu'il a fait pour le saint ;
Le bienheureux doit sous un baldaquin
Passer la nuit, chauffé par cent lumières ;
Le reposoir, où l'on veut l'installer,
Exige encore des détails nécessaires,
Et l'on fait choix de deux pensionnaires
Dont le talent saura se signaler,

Pour arranger les riches draperies
Et les bouquets, nuancer leurs couleurs ;
Un tel détail convient aux plus jolies :
Doigts de seize ans semblent faits pour les fleurs.
On nomme donc *Ambroisine* et *Clémence*,
On recommande à ces jeunes agnès,
Pour le saint lieu, le respect, la décence,
Activité, surtout point de caquets ;
L'abbesse enjoint à ces pudiques vierges,
D'entretenir soigneusement les cierges
Autour du saint, dont l'extrême pâleur
D'un trop long jeûne accuse la rigueur.
Il meurt de faim et d'ennui, par bonheur
L'office est dit, on fait sortir la foule,
Comme le flot tout le peuple s'écoule
En murmurant : il est si curieux !

Pour surveiller le dépôt précieux
Et les filoux ; car la châsse est tentante,
On laissera dans la chapelle ardente,
Près du béat, la mère Saint-Simon,
Qui doit prier avec dévotion ;
La bonne abbesse emmène sa cohorte,
Et le bédeau sort en fermant la porte.

Au reposoir, les deux jeunes beautés
Vont se livrer aux soins qu'on attend d'elles,

Tous les détails déjà sont arrêtés :
Clémence prend les fleurs les plus nouvelles,
Elle dessine et peint même au parfait,
Et des couleurs sait nuancer l'effet ;
Comme *Ambroisine* est un tantet coquette,
Et se connait à merveille en toilette,
Elle aura soin de draper le damas,
Les retroussis du plus beau taffetas,
De leur donner la tournure élégante,
De bien placer la couleur dominante,
De disposer des vases sur l'autel
Pleins de parfums ; en ce jour solennel,
Ils brûleront comme au jour de Noël,
Elle aura soin de bien grouper des anges,
Des chérubins, des trônes, des archanges,
Suivant le rang qu'ils ont au Paradis,
Sur le devant seront les plus jolis,
Bien habillés, et non, tels que *l'Abane*
Nous les fait voir, ou tels que, plus profane,
Le doux *Corrège*, en ses rians tableaux,
Les peint souvent, aussi nus qu'à Paphos ;
Dans le couvent une artiste savante
Doit se montrer chaste autant que prudente;
Les anges, même en sortant de ses mains,
Ont la culotte et les vertugadins.

Tandis qu'en paix chaque pensionnaire

Au reposoir remplit son ministère,
Monfort frémit de sa position,
Il voudrait bien sortir de sa prison ;
Mais près de lui la nonne surveillante
Que l'on plaça, la mère Saint-Simon,
Rend la sortie assez embarrassante ;
Heureusement, marmottant l'oraison,
Et des *Ave*, la gothique personne
Au doux sommeil, vers minuit, s'abandonne ;
Le patient saisit l'occasion,
Pour planter là sa pieuse concierge,
Ouvre sa cage avec quelques efforts ;
Il a sorti presque moitié du corps,
Mais par malheur, son pied attrape un cierge
Qui tombe à terre. O contre-tems maudit !
Clémence accourt, inquiète du bruit,
Vite Monfort se remet dans sa chàsse
Tout de son long, avec certaine grâce,
Et l'innocente arrange de son mieux
Un autre cierge à la place du vieux ;
En disposant ce nouveau luminaire,
Elle regarde avec émotion
Le Saint en froc, sa pâleur, son beau front,
Et devant lui commence une prière ;
La jeune Agnès est dans cette saison
Où, de l'amour on connait la puissance ;

9

Enfin le cœur de la tendre Clémence
Brûle en secret pour un fort beau garçon
Qu'elle voit peu ; car on lui fait défense
De se montrer dans la sainte maison.
De cette fille , hélas ! l'orgueilleux père,
A ses dépens , veut enrichir le frère,
Et pour pouvoir lui donner tous ses biens,
Ce haut baron , d'une âme ambitieuse ,
Du cœur, du sang , brise les doux liens;
La pauvre enfant sera religieuse.

Ce ne sont point de tels vœux , je le sens,
Qu'avec plaisir on prononce à seize ans;
On n'en fait qu'un, c'est d'aimer pour la vie
Le jeune amant dont on a fait le choix ,
De l'épouser, de vivre sous ses lois,
D'être fidèle ; (on prétend que par fois
Ce dernier vœu dans le monde s'oublie.)
Jeune beauté tu n'auras pas ce tort,
J'en réponds bien ! La sensible Clémence
Sera toujours modèle de constance ;
Elle aime Ernest avec persévérance ,
Et son Ernest est un second Monfort.

A deux genoux , elle est devant la châsse,
Priant le saint avec zèle et ferveur,

Et l'implorant pour faire son bonheur.
« La main d'Ernest, point d'argent, mais son
cœur,
» Un prompt hymen,.. voilà l'unique grâce, »
Qu'elle demande au jeune bienheureux,
Qu'elle obtiendra ; car tout semble lui dire
Que ce beau Saint, qu'en extase elle admire,
A dû, sans doute, avant d'aller aux Cieux,
En ce bas monde être fort amoureux.

On est bien fort quand d'une jeune fille
On sait à fond le sentiment secret ;
Près d'elle on peut, sachant sa pécadille,
Faire un marché pour se montrer discret ;
On peut alors de son cœur tout novice,
Solliciter quelque petit service,
Quelque secours ; d'abord on rougira,
Les si, les mais, on les objectera,
Et puis enfin on se résignera.

Pour un moment je vais quitter ma lyre,
Lecteur, permets qu'au sein d'un doux repos,
Je me prépare à ce qu'il faudra dire.
Sur moi Morphée épand ses lourds pavots ;
Puisse ce Dieu, propice à l'innocence,
Tout comme moi, d'un sommeil très-profond,

Faire dormir la mère Saint-Simon,
Pour que le Saint et la tendre Clémence,
Sans nul scandale, et, malgré les méchans,
Avant le jour, prennent la clef des champs.

FIN DU SEPTIÈME CHANT.

Chant Huitième.

ARGUMENT.

Monfort échappe du couvent des Visitandines par les secours de Clémence ; elle part avec le Demoisel qui la conduit chez deux paysans des environs, et les charge de la mener chez le roi de Picardie ; il remet deux diamans qu'il enlève de l'entourage du portrait d'Algonde, et une lettre pour Roricon ; Clémence part avec eux pour Péronne ; le Demoisel gagne la forêt des Ardennes, et remplace son froc par l'armure d'un chevalier tué ; il s'empare de sa lance et de son cheval, et poursuit sa route ; il se bat contre un lion, le tue ; pendant le combat, son cheval s'échappe à travers les taillis ; il est arrêté par un vieux baron qui le ramène au Demoisel ; portrait d'Olivier et d'Elmonde son épouse ; Olivier présente le Demoisel à sa femme qui panse sa blessure ; Olivier retient Monfort dans son châtel et l'engage à y passer la nuit ; embarras d'Elmonde ; nuit singulière ; scène entre Olivier et sa femme, tentative malheureuse ; Monfort prend congé d'Olivier et continue sa route.

En fait d'amour j'en suis humilié ;
Jeune français est partout décrié ;
On ne croit pas du tout à sa constance,
Il ne se plaît que dans l'indépendance ;

J'entends par fois nos dames de Paris
Dire, en plaignant leurs tristes destinées :
On ne voit plus ces amans de jadis,
Ces *Lancelot ;* ces tendres *Amadis,*
Belles d'alors, d'un baiser étonnées,
Ne permettaient, ce qui s'appelle, rien ;
On désirait, c'était là le régime ;
Faveur ravie était un très-grand crime,
Un doux espoir était l'unique bien,
Et cependant on gardait son lien.
Mais à présent, hélas ! l'amour en France
[1] Est un défunt, mort de trop d'aisance,
Si le matin on a fait connaissance,
Sans ajourner trop loin dans l'avenir,
Le soir on dit... il faudrait en finir,
Et fatigué bientôt de jouissance,
L'amant s'enfuit pour ne plus revenir.

Oh, vous avez grande raison, mesdames,
On est, hélas ! sans égard pour les femmes,
Et les français du jour,.. j'en suis d'accord,
Sont différens de l'honnête Monfort.

De mon lecteur je vois l'impatience ;
Pour l'appaiser retournons à Clémence,

[1] Vers d'une chanson de *Collé.*

Elle est toujours auprès du mort vivant,
Agenouillée en face de la châsse,
Les yeux baissés, dans le recueillement,
D'un cœur bien pur, attendant le moment,
Où, par un coup précieux de la grâce,
Son âme enfin pourra s'abandonner,
Au doux espoir qu'un Dieu seul peut donner.

Voyons Monfort et sa gêne cruelle,
Respirant peu dans son brillant cercueil,
N'osant parler, lorgnant du coin de l'œil,
L'antique nonne à son poste fidèle,
Car elle y dort, et dans l'autre chapelle
Qui, par bonheur, de la châsse est fort loin,
Cette Ambroisine arrangeant avec soin
Tous les bouquets et nouant les fontanges
Sur le toupet d'une douzaine d'Anges :
« Bien, dit Monfort, on ne peut me troubler,
» A ma dévote il est tems de parler. »

Fille toujours est un peu curieuse,
Ayant prié Dieu bien dévotement,
Elle se lève, et fixe en l'admirant,
La belle châsse : elle est si précieuse !
L'or, les saphirs, les rubis, les émaux,
De tous côtés brillent sur les panneaux;
Or vous savez qu'un d'eux aisément s'ouvre;

C'était par là que Monfort allait fuir,
Lorsque soudain la peur vint le saisir,
Et qu'il rentra pour ne point se trahir.
Dans l'examen Clémence enfin découvre,
Que le panneau ne ferme presque pas.

    « Ah ! quel bonheur, se dit l'agnès tout bas,
» Ce joli saint ! nos dames de la classe
» Ne le verront qu'au travers de sa glace,
» Je ferai plus, sur son front glorieux
» Je peux risquer un baiser bien pieux ;
» Est-ce une erreur qui me charme d'avance !
» Avec Ernest, dans mon illusion,
» Je crois lui voir beaucoup de ressemblance.
» Aimable saint, dont j'ignore le nom,
» J'aurai pour toi de la dévotion,
» Je te prierai tous les jours de ma vie,
» Pour que l'hymen à mon Ernest me lie ;
» C'est mon cousin, fais qu'il soit mon mari,
» Sur ton secours je peux espérer ? » — « Oui,
» Répond Monfort ; « jeune beauté, silence,
» Reconnaissez la céleste puissance ;
» Un mot nous perd, moi, vous et votre amant.»

    Je ne peindrai que peu fidèlement
Pareil tableau : Clémence est dans l'extase,
Voulant parler,.. commençant une phrase,

Qu'arrête court le trouble, la frayeur,
L'étonnement et l'espoir du bonheur.

« Rassurez-vous adorable Clémence,
» Reprend Monfort ; votre fidèle amour,
» J'en fais serment, aura sa récompense ;
» Vous sortirez de ce triste séjour,
» Vous aimerez Ernest et pour la vie ;
» Croyez le fils du roi de Picardie,
» Croyez celui qui connait, comme vous,
» Ce sentiment, le plus puissant de tous ;
» Oui, jugez-en... sur son froc qu'il entr'ouvre ;
La jeune vierge au même instant découvre
Un double chiffre en rubis,.. « vous voyez
» Que je dis vrai,.. chut... écoutez,.. croyez,
» Ma chère enfant ; même sort est le nôtre;
» Oui, nous aimons, ce chiffre que voici,
» Dit mon secret,.. vous gente fille, aussi,
» Pieusement, vous m'avez dit le vôtre,
» En bons amis, servons-nous tous les deux,
» Qu'avant le jour je sorte de ces lieux. »

Un tel discours, le ton de la franchise,
L'air de grandeur du béat, son serment,
A se fier à lui, tout autorise ;
Clémence enfin de sa frayeur remise,
N'hésite plus de plus de quitter le couvent.

Pour échapper mystérieusement,
Il faut d'abord souffler le luminaire ;
L'obscurité devient si nécessaire !
Tous les flambeaux sont éteints dans l'instant,
Du Damoisel Clémence est connétable,
Elle conduit ce protecteur aimable ,
Vers un pignon, par le tems dégradé ;
Tout comme on peut il est escaladé ;
Le Damoisel dans le jardin s'élance,
Sous le pignon il recevra Clémence,
Qui, de son mieux, voilant ses frais appas,
Après lui, saute et tombe dans ses bras ;
Dans le jardin une ancienne muraille,
Est écroulée ;... avec zèle on travaille,
Pour s'y frayer un chemin ; nos amans
Au point du jour sont déjà dans les champs.
Phœbus se lève, au chœur on va se rendre,
Et vous jugez pour le coup de l'esclandre,
Lorsque l'on voit le cher saint déniché,
Un saint si beau ! partout il est cherché,
Sur la gardienne, on récrie, on opine,
Pour lui donner cent coups de discipline,
Tel est l'arrêt de monsieur le doyen ;
C'est une vieille, il n'en rabattra rien ;
On veut livrer les frères de la Trappe
Au grand Prévôt, et qu'aucun d'eux n'échappe ;
Tout le chapitre indigné , courroucé,

Veut condamner au *vade in pace*, [1]
Et pour toujours, ces innocentes vierges,
Qui n'ont pas pris le moindre soin des cierges,
Qui remplissant, tièdement, leur devoir,
N'ont pas encor fini le reposoir ;
L'abbesse, à qui le vol paraît très-grave,
Veut qu'on assemble à Rome le conclave,
Les Cardinaux, le Pape ;... le couvent
Se désespère, et la jeune novice
Mouillant de pleurs le voile le plus blanc,
Court les dortoirs, en s'écriant,.. justice !

Ce grand chagrin ne durera qu'un jour ;
Oui le vrai saint, qu'à la Trappe on déterre,
Le lendemain retourne au monastère.
On craint d'abord que ce ne soit un tour,
Le remplaçant fait plus d'un incrédule,
Des mécréans le doute enfin s'annulle ;
Car dans ses mains le béat tient sa bulle,
Dont le prélat fait la lecture à tous.
Pour l'écouter on se jette à genoux,
Au lendemain on ajourne la fête
Abondamment on donne pour la quête,
Et chaque tronc d'aumônes est comblé.

[1] Grâce pour l'hiatus.

2   Avec éclat le saint réinstallé,
    Va reposer dans sa brillante boîte,
    Sur un tapis, travaillé dans Schiras ;
    Mais, prudemment, les béguines plus sages
    L'y font sceller, sous plusieurs cadenas
    Pour le guérir de faire des voyages ;
    Le sanhedrin en aurait fait autant,
    S'il retrouvait la belle fugitive.
    Cette Clémence est une tête vive,
    Une coquette, et, ce saint, tout charmant,
    On en est sûre, était son cher amant.
    C'est ce que dit la jalouse Ambroisine,
    Et le dépit que décèle sa mine,
    Semble assurer qu'elle eût béni le sort
    De rencontrer pour son compte un Monfort.

        Nos deux amans dans une égale transe,
    De leurs Argus redoutant la présence,
    Sans s'arrêter gagnent vite pays ;
    Le Damoisel par quelques méchans fruits,
    De tems en tems en chemin se substante,
    Il mange seul, sa compagne tremblante
    A plus d'amour qu'elle n'a d'appétit :
    Rêver d'Ernest, y penser, la nourrit.
    Ayant marché la matinée entière
    Dans un vallon, une simple chaumière
    S'offre à leurs yeux ; sur le seuil sont assis

Deux vieilles gens, tel qu'Ovide, jadis,
Nous a dépeint *Philemon* et *Baucis,*
Dévots et bons... Fillette de cet âge
Avec un moine, eut bientôt fait jaser
Des gens malins; mais ce couple plus sage,
Des voyageurs est loin de mal penser;
» Sans doute, ils vont faire un pélerinage,
» Traitons-les bien, dit Anne à son époux,
» Ces pélerins prieront le ciel pour nous.»

Ce qui fut fait... Au moine de la Trappe;
Anne d'abord fait offre du logis,
Le vieux Raimbaut met sur la blanche nappe,
Du lait, du miel, du pain frais et des fruits,
Chacun s'asseoit, et l'on mange en silence;
Le repas fait, a parler on commence,
Le Damoisel pressé de s'éloigner,
Dit au vieillard : « Loin de le dédaigner,
» Pour l'indigent vous vous montrez sensible,
» A la pitié votre cœur accessible,
» Vint à notre aide et sans rien épargner;
» Recevez-en, dès ce jour, le salaire,
» Je vous prédis qu'en cette humble chaumière,
» Vous passerez vos vieux jours bien heureux;
» A l'Eternel j'en ai fait la prière,
» Et tout me dit qu'il remplira mes vœux;
» Une bonne œuvre est par vous commencée,

» Couronnez-la, je remets en vos mains
» La jeune vierge, amis, sur ses destins,
» Vous veillerez, respectez ma pensée,
» Sur ce qu'elle est ne m'interrogez pas,
» C'est un dépôt que le ciel vous confie;
» Conduisez-la demain en Picardie,
» Au roi puissant de ces vastes états,
» Son protecteur, pour un si long voyage.
» Je prévois bien qu'il vous faudra de l'or?
» Vous emploierez un diamant d'abord,
» Puis un second, s'il en faut davantage;—
» — Un diamant! dit Raimbaut en fixant
» Le jeune moine, « eh qui peut... — » Dans
l'instant
» Vous les aurez, je vais vous les remettre. —
—» Vous!.. » J'y joindrai, qui plus est, une lettre
» Et de ma main;.. j'exige qu'en mon nom
» Vous la rendiez au prince Roriçon ;
» Voilà de vous ce que le ciel demande,
» C'est l'Éternel qui par ma voix commande;
» Ainsi, jadis, près des murs de Berthel
» Il protégea les enfans d'Israël. »

Il dit et sort ,.. la timide Clémence;
Anne et Raimbaut, stupéfaits, en silence,
Se regardant, ne peuvent concevoir,
Qu'un homme en froc ait un si grand pouvoir.

Monfort revient avec sa lettre écrite,
Et deux rubis superbes; c'est l'élite
Des diamans du riche médaillon,
Dont autrefois Algonde lui fit don;
Il les remet à Raimbaut, puis l'épitre
Qui rend un roi, désormais, seul arbitre
Du sort d'Ernest... c'est le roi Roricon
Qui doit hâter la plus douce union;
Aux deux vieillards, tout éblouis, il donne
Pieusement sa bénédiction.

« Partez, dit-il, à l'instant pour Péronne,
» Point de retard,.. partez, dans ce séjour,
» Vous me verrez, mes amis, quelque jour. »

Il dit, soudain, comme l'éclair rapide,
Il disparait; en vain sa jeune guide
Court après lui pour le remercier;
Monfort est loin... La sensible pucelle
Revient trouver Anne et son écuyer;
Au pré voisin on prend une haridelle,
Qui, pour l'instant va servir de coursier,
Sur son dos sec on étend une selle,
Que l'on garnit d'un moelleux coussin,
Et pour Péronne on se met en chemin.

Laissons courir la gentille Clémence

Et ses tuteurs, qui, grâce aux diamans,
Bien à profit, sachant mettre le tems,
Voyageront suivant toute apparence,
Un peu plus vite, et chez le roi Picard,
Arriveront sous deux jours au plus tard.

Se rappelant combien il fut coupable,
Traînant partout la douleur qui l'accable,
Le Damoisel, de la Trappe échappé,
Court au hasard, n'ayant d'autre équipage,
Qu'un sale froc; modestement voyage,
Dîne assez mal, se passe du soupé
Le plus souvent, traverse tout le Maine
Et le Vexin, erre au bord de la Seine,
Passe le jour dans le creux des rochers
Et boit de l'eau pour laver ses péchés.

Pensif, rêveur et soupirant ses peines,
3   Il gagne enfin la forêt des Ardennes;
L'infortuné parcourt ces bois épais :
L'obscurité, le grand silence et l'ombre,
Ces vieux sapins, leur verd lugubre et sombre,
Plaisent à l'âme en proie aux longs regrets;
Il se croit seul dans la nature entière,
Lorsqu'il entend hennir un destrier;
Il s'en approche, il voit un chevalier
Percé de coups et mort sur la poussière,
L'écu, le casque, un haubert, un cimier,

Sont appendus sur un vieil alizier,
Soudain Monfort s'empare de l'armure,
Une cuirasse enfin succède au froc,
L'écu portait pour emblème un beau coq,
Avec ces mots : *le sang lave l'injure.*

Sous les sapins courbés par les autans,
Il entendait les longs rugissemens
Des loups, des ours, des tigres, des panthères,
Le sifflement des aspics, des vipères, .
Car vous saurez, d'après les chroniqueurs,
Que de tout·tems la forêt des Ardennes
Fut le séjour des monstres, des Hiènes;
Merlin, Urgande, et tous les enchanteurs,
En avaient fait une ménagerie.
[1] *Faydit* m'apprend que tous les voyageurs
Ne la passaient qu'au péril de leur vie;
On ne voyait, hélas! que paladins,
De tous côtés occis dans les chemins;
Monfort, peut-être, augmentera leur nombre?
Ne craignez rien, malgré son long malheur,
Il a toujours conservé sa valeur,
Et, quoique pâle, à peu près comme une ombre,
Il déploiera, s'il faut, de la vigueur.

Il approchait d'une caverne sombre,

[1] Vieux chroniqueur.

10

Lorsque soudain un énorme lion
Accourt à lui, rugissant de colère,
Et secouant son épaisse crinière ;
Le Damoisel dans sa position,
Tient faiblement à la vie, il espère
Utilement, dans cette occasion,
Dire à jamais ses adieux à la terre.

La lance au poing, il descend de cheval,
Et de pied ferme il attend l'animal,
Contre le roi des bois il va combattre ;
Le premier coup est vainement porté,
Un doigt du Sire est assez mal traité ;
Mais sans fléchir, sans se laisser abattre,
Il recommence, enfin dans le côté,
Le fier lion reçoit une blessure,
Plus furieux par le mal qu'il endure,
Il se relève, et court sur son vainqueur ;
Mais cette fois, Monfort, d'une main sûre,
Frappe la bête et lui perce le cœur ;
Des flots de sang rougissent la verdure,
Pendant l'assaut, enfilant le taillis,
Le destrier du preux gagnait pays.
Le possesseur d'une maison gothique,
En le flattant de la voix, de la main,
Saisit le mors du cheval pacifique,

Au Damoisel il le ramène enfin.

L'astre du jour au bout de sa carrière,
Quittait le monde, et ses derniers rayons
Languissamment éclairaient l'hémisphère ;
Les pastoureaux rappelaient leurs moutons,
Les vents bruissaient avec un doux murmure
Et de la nuit les lugubres oiseaux,
Par leurs longs cris fatiguaient les échos ;
Tout à la terre annonçait le repos ;
Que devenir ? dans la forêt obscure,
Passer la nuit, du pauvre chevalier,
Serait le lot, la perspective est dure ;
Mais celui-ci plaît à sire *Olivier*,
Qui du vieux tems avait la courtoisie,
Bien poliment il offre au paladin
Un mauvais lit, un très-mince festin ;
C'est de bon cœur, et sa compagne appuie,
Elle avait vu le jeune homme, soudain,
De son manoir la dame était sortie.

Dans ce châtel, Elmonde encor jolie,
Depuis quinze ans, passait sa triste vie,
En maudissant son dur tuteur *Albert*,
Qui, pour gagner sur un compte peu clair,
Et sur la dot user d'économie,
Avait uni le printems à l'hiver ;

Telle victime est toujours plus polie,
Pour un jeune homme, alors qu'elle s'ennuie.

Le Damoisel, par l'époux présenté,
Fut de la dame accueilli, très fêté;
On s'aperçoit qu'il est un peu blessé,
Sa main saignait, par la charmante hôtesse
Il est soigné, bassiné, bien pansé,
Ses jolis doigts arrangent la compresse,
Pour l'attacher elle ôte galamment
Une faveur de son ajustement,
Tant le blessé l'émeut et l'intéresse !
Quoique bien pâle, il lui parait charmant !
Car la pâleur prouve le sentiment.

On a servi, chacun se met à table,
Vous pensez bien que la belle est aimable,
Et fait des frais; pour le sire Olivier
Il bavardait comme tout vieux guerrier,
Faisant récit de tournois, de batailles ;
A l'étranger, qui n'en écoute rien,
Parlant des tours, des donjons, des murailles,
Qu'il a forcés, buvant sec, mangeant bien;
Appuyant fort sur la galanterie
Et les exploits des beaux jours de sa vie,
Sans se fâcher des lardons superflus,
De sa moitié qui, très-gaîment lui crie,....

« Las ! vous étiez ce que vous n'êtes plus. »

Au Damoisel, versant toujours à boire,
Sire Olivier dit : « Allons, une histoire,
» A votre tour, dans l'âge où vous voilà,
» [1] *Esplandian* jadis se distingua,
» Tout comme lui, vous avez fait des vôtres : —
» Les preux français en valent, ma foi, d'autres ! —
» — J'ai, lui répond modestement Monfort,
» Sous les drapeaux de mon très-digne père,
» Devers l'Artois, quelque tems fait la guerre,
» Et le bon droit fut alors le plus fort ;
» Nos ennemis ont mordu la poussière. »

Monfort pouvait embellir son récit,
Et, pour se mettre encor plus en crédit,
Au paladin, lire son manifeste,
Vanter son rang, Olivier, généreux,
L'aurait traité, je le pense encore mieux ;
Il agit bien pourtant,.. oyez le reste,
Ne disant mot, l'épouse du bon vieux,
Sur son voisin jette souvent les yeux ;
Dissimulant la vive inquiétude,
Que lui donnait cet époux trop civil.
On a qu'un lit dans cette solitude ;
Où l'étranger enfin couchera-t-il ?

[1] Personnage du Fabliau d'Amadis de Gante.

Sire Olivier qui, de chanter se pique,
Risque au dessert une chanson bachique,
4   Dont les refreins sont croustilleux, gaillards,
Tels que jadis en chantaient nos vieillards.

Oh ! le bon tems ! on était moins capable,
Mais en revanche on s'oubliait à table ;
Ce n'était pas ces ragoûts de nos jours,
Hors les gâteaux, les mets y sont bien courts.

Le vieil époux que le sommeil assiège,
Fait trève, enfin, chacun lève le siége ;
Pour se coucher, l'hôte, sans embarras,
De l'étranger allait prendre le bras,
Quand son épouse, un peu plus prévoyante,
Le tire à part, et, d'une voix dolente ;
Lui dit tout bas, « Mais, mon très-cher mari,
» Votre imprudence est, vraiment sans pareille,
» Vous m'amenez un étranger ici,
» Il faudra donc qu'en son honneur je veille ?
» Où le coucher ? c'est fort embarrassant,
» Car nous n'avons que cet appartement.. —
— » Où le coucher ? dans mon lit... — « quelle
idée ! —
— » Bon, je vous vois d'avance intimidée ; —
— » Moi, point du tout, je peux veiller, —
« Pourquoi ?

» Plaçons le sire, — « eh comment? — « près de moi,

» Nous dormirons fort bien, je t'en assure,

» Vous séparant l'un de l'autre... pardieu,

» Quand je serai placé dans le milieu,

» Que vois-tu là dont la pudeur murmure?

» Puis, je connais et ton honnêteté

» Et ta vertu.. — « Mais, est-ce légitime?

» Pour obliger, si nous faisons un crime? —

» — Non, le devoir de l'hospitalité,

» Fut de tout tems commandé par l'église,

» Tout comme on peut, on se tire de crise;

» N'as-tu pas lu dans l'ancien testament

» Comment couchait *Isaac* chez *Laban,*

» Que le vieux *Booz* accueillit sa cousine,

» Qui le reçut même sous sa courtine;

» Ce Jouvencel ne me fait pas frémir,

» Vois son maintien, avec sa mine pâle,

» Il n'est pas fait pour donner du scandale,

» Il passera la nuit à bien dormir. »

Tandis qu'ainsi le colloque s'achève,

Seul, dans un coin, le fidèle amant rêve,

En effeuillant une fleur dans ses doigts,

Songeant toujours au bonheur d'autre fois.

On conduit donc Monfort vers la couchette,

En un clin d'œil il défait sa toilette,
A l'Eternel recommande son sort,
Puis sous le drap se glisse, enfin, s'endort.

Sire Olivier gagne son oratoire,
Pour prier Dieu, même assez longuement,
C'est l'oraison, dite Jaculatoire :
Quinze versets, pour chaque patient,
De ses amis qu'il croit en purgatoire ;
Le cher époux en marmotte enfin tant,
Que le sommeil à genoux le surprend ;
Il y demeure au moins une heure entière.

Pendant ce tems, sa très fraiche moitié
Dans un boudoir emportant la lumière,
Va s'occuper de son déshabillé,
Elle le soigne avec coquetterie,
Même en dormant, on veut être jolie ;
Quand elle a mis le plus frais négligé,
Mince corset, avec goût arrangé,
Fichu brodé, coëffe bien blanchette,
Tout doucement, non, sans trembler un peu,
Et sans fanal, dans la crainte du feu ;
Elmonde gagne à son tour la couchette,
Et par erreur se couche au beau milieu,
Pour y prêter Monfort donnait beau jeu,
Il dormait ferme, Elmonde, sans lumière,

Croit fermement que ce bruyant ronfleur
Est son époux, qu'elle sait grand dormeur.

Il vient enfin ce mari débonnaire,
Le long du bord il tâte, il ne sent rien,
Croit que sa femme est encore en prière,
Se couche et dort en honnête chrétien.

Trop tard hélas ! Elmonde bien surprise,
Voit son erreur, reconnait sa méprise,
Comment donc faire ? avertir son mari,
C'est s'exposer,.. éveiller le jeune homme,
C'est encor pis,.. il dort d'un si bon somme !
Se mettre en garde, être un peu loin de lui,
Ne dire mot, c'est le meilleur parti.

Mon cher lecteur, d'avance, voit la dame,
Tout à côté du joli Jouvencel,
Il est dans l'âge où l'esprit est charnel,
En cas d'attaqne, Elmonde, au fond de l'âme,
A tout prévu, combiné, calculé;
Son petit plan est déjà tout réglé,
Pour pouvoir faire une honnête défense,
Quitte à céder à douce violence,
Si, dans le tems que le cher mari dort,
Ce beau voisin s'émancipait trop fort,
Ce pauvre époux, ce sera bien sa faute !

Il fut poli, beaucoup trop pour un hôte !
Vous frémissez? belle, vous avez peur ?
Rassurez-vous, calmez votre pudeur,
Même en dormant, cet amant, rare au monde
Sera toujours fidèle à son Algonde.

« Si l'étranger ne dormait pas pourtant ?
» Si par calcul il en faisait semblant ? »

Elmonde veut s'assurer de la chose,
Pour se livrer au sommeil à son tour ;
Un beau garçon feint souvent qu'il repose,
Pour attraper et jouer quelque tour,
Elmonde donc se retourne, s'agite,
Prend une place et puis soudain la quitte,
Risque un soupir, des gestes décidés,
Des mouvemens un peu plus hasardés ;
Le Damoisel est toujours impassible,
Ronfle encor plus, ah ! dormeur terrible !
Ce n'est, hélas ! que le sire Olivier,
Que ce tracas finit par éveiller ;
Elmonde alors frémit que la vieillesse
N'ait un moment de retour de jeunesse,
Que son époux, dont elle suit les lois,
Ne soit tenté de réclamer ses droits ;
Il est galant tous les premiers du mois,
On est en mai, dans le mois de la vie

Où, la nature est partout rajeunie ;
Sire Olivier a bu sec, et Bacchus
Vaut bien souvent un hommage à Vénus.

Mais de la belle et fraîche ménagère,
Heureusement la crainte est passagère,
Ce tact perfide a bien pu réveiller
Pour un moment monseigneur Olivier,
Mais un vieillard a toujours de la tête,
Il réfléchit qu'il serait malhonnête,
Ayant un tiers, de goûter un plaisir,
Qu'en conscience il ne lui peut offrir.
Le mois des fleurs a bien son influence,
Mais, Olivier, faisant son examen
Sent qu'il n'a pas ce qu'il faut à l'hymen,
Qu'en pareil cas l'erreur est une offense,
Il s'en tient donc à ravir un baiser,
Qu'on lui permet, ne pouvant refuser,
Baiser bien calme, et par malheur si sage !
Que, restant là, sans oser davantage,
Ce vieux mari, dont on craignait l'essor,
Sur l'oreiller retombe, enfin s'endort ;
Tel fut jadis ce vieillard de Livourne.

Plus calme enfin, Elmonde se retourne,
Mais du côté du jeune paladin ;
Autre danger, de la belle, la main

Touche le cœur du sire qui palpite,
Qui bat bien fort, qu'un charmant rêve agite,
Et qui, bercé par la douce erreur,
Dans les transports, l'extase du bonheur,
Tout haut s'écrie ! « Ah Dieu ! ma chère Algonde!

     « Vous m'appelez ? dit doucement Elmonde,
» Souffririez-vous ? chevalier qu'avez vous ?.. —
— » Je brûle !... — » O ciel ! donnez moi votre
                                         pouls;
Et dans l'instant la dame très humaine
Du beau voisin prend la main dans la sienne,
En la serrant, comme Algonde, jadis,
Serrait la main de son jeune Amadis.

     Le Damoisel qui sent une main douce,
Et qui frémit dans la sienne, rêvant
Que ce n'est plus sa belle qui repousse
L'hommage pur du plus fidèle amant,
Qu'aux torts passés enfin elle pardonne,
A son délire amoureux s'abandonne;
Caresse Elmonde et la prend dans ses bras,
Laisse sa main errer sur ses appas ;
Elmonde veut s'éloigner, se défendre,
Se reprochant déjà quelque plaisir,
Et prévoyant ce qu'elle doit attendre
D'un Jouvencel, si pressé de jouir,

Elle lui crie : « Arrête, arrête... infâme ! —
— » Ciel, dit Monfort altéré... je le voi...
» Ma chère Algonde, hélas ! ce n'est pas toi ! —
— » Non, c'est Elmonde, — » eh bien, dormez
        Madame ».

Vous sentez bien que ces mots prononcés
Très-séchement, en disent bien assez :
« Loin du voisin chaste, peu téméraire,
» Ah ! dit Elmonde, allant avec colère
» Se replacer au milieu du grand lit,
» Il aime ailleurs l'insolent ! tout est dit,
» Dormons... Dort-on quand on a du dépit ? »

Si d'un côté la dame, un peu coquette,
Perd ce que, même, une prude regrette,
Son triste époux pourra bien ménager
Un noble effort pour l'en dédommager ;
Le vin agit sur sa vieille personne,
Il se surprend d'un brillant qui l'étonne !
Se rapprochant de sa chère moitié,
Le vieux lui dit à l'oreille : « Ma bonne,
» On est en mai, je l'avais oublié ;
» C'est de tout tems un beau jour que je chôme,
» Ce chevalier dort du plus profond somme,
» Profitons-en pour... — Mon ami, fi donc, —
— » Ma chère amie, allons permets.. — » Non,
        non. » —

Ce non est dit d'une voix si mourante;
Jeunes beautés, voilà bien de vos tours,
La négative est chez vous éloquente,
Pour qui l'entend, quand sa flamme est pressante,
Alors un *non* veut dire, allez toujours.

C'est ce que fait Olivier dans l'ivresse,
Il est pressant auprès de sa princesse
Qui bénissant cette étonnante ardeur,
Rend grâce au ciel dans le fond de son cœur,
De rencontrer sous sa main un vengeur;
A cet assaut, dont un vainqueur plus digne,
Eut fait le charme, Elmonde se résigne;
Puis, un mari d'ailleurs peut tout oser,
Quoique bien froid, sur sa bouche de rose,
Elle permet que son époux dépose,
Pour le début, ce baiser éloquent
Qui rend le trait de l'amour plus brillant.

Je m'en souviens, une lutte amoureuse
Sied au bel âge, en fonds pour bien jouir,
La retarder c'est doubler le plaisir.
A soixante ans, la lutte est dangereuse,
Elle fait perdre une heure précieuse,
Pour le vieillard, il doit, quand il est prêt,
Sans retarder, aller bien vite au fait.

La pauvre Elmonde à ce moment l'éprouve,

Comme un certain monarque, [1] qui l'eut dit,
Au seuil du temple il demeure interdit ;
La force échappe et rien ne se retrouve,
Ce feu léger brilla comme l'éclair
Dont l'œil saisit à peine le passage,
C'est un rayon d'un beau soleil d'hiver
Qu'on aperçoit et que couvre un nuage,
Le vieux mari peste tout bas, enrage,
Et se promet de ne plus faire essai
De sa vigueur, le premier jour de mai.

Dans cette lutte, hélas ! ce galant homme,
Un peu trop tard, sent qu'il s'est abusé,
Sur l'oreiller il retombe épuisé,
Et recommence encor un nouveau somme,
Persuadé que le beau paladin,
Qu'imprudemment il admit dans sa couche,
Ronflant très-fort, dormant comme une souche,
Ne rira pas de lui le lendemain.

   La pauvre Elmonde, hélas ! humiliée
De tant de frais, de veiller ennuyée,
Se retournant, se remuant, s'agitant,
Appelle en vain l'aurore qu'elle attend ;
Le jour paraît, se levant brusquement,

[1] Henri de Castille, surnommé l'impuissant.

Pleurant sa nuit aussi mal employée,
Vite elle court au miroir, j'en gémis,
Pour voir des yeux qui sont battus gratis.

Mais pour Monfort, oh, c'est tout autre chose,
Il est charmant et frais comme la rose,
Un doux sommeil a reposé ses sens;
Grâce à l'erreur des rêves consolans,
Il fut heureux, il se lève; son hôte
De ce beau jour promet de garder note,
Et, rondement, dit au beau chevalier :
» Souvenez-vous quelquefois d'Olivier. »
Monfort le jure, et, plein de politesse,
Va rendre hommage à sa charmante hôtesse,
Qui le reçoit froidement, parle peu,
Et quand il sort lui dit à peine adieu.

Vous en feriez tout autant, oui, mesdames,
Et moi, j'aurais évité votre aspect,
En pareil cas; je connais bien les femmes;
Telle vertu qui brille dans leurs âmes,
Ce qui parfois pique le plus les dames,
8   Soyez-en sûr, c'est le profond respect.

FIN DU HUITIÈME CHANT.

Chant Neuvième.

---◆◆◆---

ARGUMENT.

---◆◆◆---

Monfort abandonne la forêt des Ardennes ; il passe devant un château, la dame du lieu lui envoie un nain pour lui offrir l'hospitalité ; Monfort reconnaît Elphise ; elle lui présente Parséïs, une jeune Portugaise qui se trouvait dans le château ; Elphise rappelée à Lille par Algonde, charge Parséïs de faire les honneurs du château pendant son absence ; Elphise part pour la Flandre ; Parséïs devient amoureuse de Monfort ; indifférence du Damoisel pour la jeune Portugaise ; elle lui donne une fête et part dans la nuit pour se rendre chez la magicienne Marphise et lui demander un philtre ou boire amoureux ; promesse que la magicienne fait à Parséïs de protéger son amour : scène qu'elle lui fait voir dans une caverne ; Parséïs retourne au château d'Elphise ; arrivée de Clémence à Péronne avec Anne et Robert ; Clémence est présentée au roi de Picardie et lui remet la lettre de Monfort ; Roricon fait partir d'Urson pour aller chercher à Crépy le père de Clémence, et charge Roger d'aller à Soissons chercher l'amant de Clémence ; promesse qu'il a fait à Clémence de l'unir à Ernest.

    Pendant l'hiver l'imprudent voyageur
    S'égare-t-il dans une forêt sombre,

Tout de la nuit semble redoubler l'ombre ;
Mourant de faim, faible, glacé de peur,
Ses cris plaintifs annoncent la détresse,
C'est vainement qu'aux échos il s'adresse,
Rien ne répond à sa juste douleur.
L'espoir le fuit... enfin d'une chaumière
Il voit de loin la mourante lumière !
Se ranimant à sa faible lueur,
Les yeux sur elle, il hasarde, il avance,
S'abandonnant à la douce espérance
Qui fut toujours compagne du malheur ;
Au toit du pauvre il court, il se présente,
Où la pitié sensible, consolante,
Le ranimant, le plaignant tour à tour,¦
Fait oublier les longs tourmens du jour.

Tel est l'amant, jouet d'une parjure,
Si l'amitié prend soin de sa blessure,
Il oubliera promptement son chagrin,
Un cœur sensible est un bon médecin,
En voyageant, trop heureux qui le trouve !
Dans son malheur enfin Monfort l'éprouve.

Piquant des deux son paisible coursier,
Vers un château d'assez belle apparence,
En trotinant le Damoisel s'avance,

Quoiqu'il n'ait point de suite d'écuyer,
On lui détache un nain, il court bien vite,
Droit à Monfort, du message s'acquitte;
« Si vous cherchez un asile, seigneur,
» Dans ce séjour on se fait un honneur
» De vous l'offrir.. au nom de dame Elphise:
» Je viens, — « qu'entends-je! Elphise! est-ce
                              une erreur?

Le Damoisel craignant une méprise,
Ivre de joie, inquiet, tour à tour,
Entre la crainte et l'espoir, plein d'amour,
Au joli nain aurait donné sa bourse,
S'il en avait,... précipitant sa course,
Il entre enfin dans la salle d'honneur.
Du paladin on conçoit le bonheur,
En retrouvant dans ce châtel la sœur
De son amie; ah! que son cœur palpite!
Ce tendre cœur bat encor bien plus vite,
Quand il entend ces mots plein de douceur.

« Dans ce séjour l'amitié vous appelle, —
— » Serait-ce Algonde? — «Ah loin de l'oublier,
» Je sais qu'elle aime encor son chevalier,
» Malgré ses torts, je vais négocier
» Tous les moyens de vous rapprocher d'elle. »

Elphise est bien une amie, en deux mots,
La confidente a rempli son vrai rôle,
Elle revoit un amant, le console,
Et dans son cœur ramène le repos.
« Beau chevalier, puisque l'on vous exile,
» C'est l'amitié qui vous offre un asile. »

Le sire accepte, on l'embrasse, et voilà
Son front.... chagrin qui s'éclaircit déjà;
Non, ce n'est plus le cénobite sombre,
A peu près fou, qu'on eût pris pour une ombre.
Redevenu vrai chevalier français,
Son cœur déjà se berce du succès;
Il est choyé par une tendre amie,
Qui l'ayant vu, dans Lille, malheureux,
Veut que bientôt du passé douloureux
Le souvenir ne trouble plus sa vie.
Il va compter des jours délicieux,
Auprès d'Elphise et d'une autre pucelle,
Qui, par hasard, se trouvait auprès d'elle;
Je vais tâcher de peindre *Parseïs*,
Ah? mon pinceau rendra-t-il son image.

Fleur de jeunesse est garant de son âge,
Sur son beau front brille l'éclat du lys,

Son œil d'azur, à la fois vif et tendre,
A la douceur, toute la volupté
De ces rayons que, dans les nuits d'été,
Du haut des cieux, Diane vient répandre
Tous les talens qu'elle sait réunir ;
Laissent au goût l'embarras de choisir ;
En s'égarant sur la harpe sonore,
Ses doigts légers sont plus brillans encore,
Dessinent-ils les frais présens de Flore ;
L'art de Zeuxis semble plus enchanteur,
Quand elle lit les tensons, la romance,
Que sur l'amour parfois elle cadence,
Les cœurs émus répètent en écho,
Vous nous rendez la sensible Sapho !

1   De Parséïs Lisbonne est la patrie,
Cité charmante, agréable séjour,
Où les plaisirs, l'ivresse de l'amour,
D'un sexe tendre embellissent la vie,
Où toute femme aime comme *Euphrasie*, [1]
Où tout amant aime comme *Melcour*. [1]

    Mais Parséïs à s'attacher balance,
D'une âme tendre elle a l'inconséquence ;
Si quelqu'amant obtient la préférence,

---

[1] Personnages principaux des lettres d'une chanoinesse Portugaise.

Elle aimera, mais avec passion,
Elle a pourtant de la dévotion ;
Mais par accès, on voit que dans son âme
La piété ressemble à de l'amour,
Que la ferveur, qui par accès l'enflamme,
Peut devenir bien tiède quelque jour.
Soir et matin, dans ses devoirs mystiques,
En récitant le plus doux des cantiques,
Que nous transmit le galant Salomon,
Et qui nous peint la tendre Sulamite,
Sur son beau sein rappelant le chaton,
De Parséïs le cœur s'émeut, palpite,
Son œil s'anime, il semble tout de feu,
Et fait prévoir que si jamais la belle
Trouve un amant qui sache aimer comme elle,
Il deviendra son idole et son Dieu.

Il parle enfin cet enfant qui décide
De notre sort, rend le brave timide,
L'indépendant, un esclave soumis,
Qui, d'un héros fait un triste Amadis,
Aux pieds d'Omphale a fait tomber Alcide,
L'amour enfin réclame Parséïs.

Aveugle encor, un peu trop confiante,
Elle ressent un feu qui la tourmente,
Sans rien prévoir de son funeste sort,

Elle soupire et brûle pour Monfort ;
De son maintien, de ses discours, la grâce,
Le jour, la nuit, à son cœur se retrace.
Ce Damoisel parle avec tant d'esprit !
Le sentiment pare tout ce qu'il dit !
S'éloigne-t-il, on pleure son absence,
Reparait-il, on bénit sa présence,
Seule avec lui, sous les ombrages frais,
Où l'œil craintif ne voit point d'indiscrets,
Où tout invite à trahir ses secrets ;
Cette Sapho s'enhardit, puis balance,
Prête à risquer l'aveu de son ardeur,
Un seul regard de Monfort l'effarouche,
Ce doux mot, *j'aime*, arrive sur sa bouche,
Mais il expire et rentre dans son cœur.

Le Damoisel, ne rêvant qu'à sa mie,
Voit Parséïs d'un œil indifférent ;
Lorsqu'au salon il lui tient compagnie,
A peine il dit quelques mots vaguement,
Dans les jardins descend-on, il évite
De se trouver auprès de Parséïs,
Et fuit loin d'elle ainsi qu'Hermaphrodite,
Dans les roséaux évitait Salmacis.

De sa froideur elle se dédommage,
En contemplant ce jeune et beau français ;

Soins prévenans tiennent lieu du langage,
C'est pour Monfort qu'elle fait tous les frais;
Tantôt brodant une écharpe élégante,
Qu'elle destine au loyal chevalier;
Tantôt plaçant sur son casque d'acier,
D'un beau héron la plume éblouissante;
Enfin elle a tous les soins délicats,
Que de sa belle un amant peut attendre,
Et que prodigue une femme bien tendre,
Pour expliquer ce qu'elle ne dit pas.

Tandis qu'au loin son amant court le monde,
Dans son palais depuis long-tems, Algonde,
Sans en parler, partageait sa douleur,
Dans une lettre elle avoue à sa sœur
Combien lui coûte une si longue absence !
Mais ce billet vif et froid tour à tour,
A chaque phrase offre l'inconséquence
De la fierté luttant avec l'amour.

« Viens près de moi, ma plus sincère amie !
» Je souffre et pleure,.. ah ! viens me consoler,
» Ce tendre amant, le charme de ma vie;
» Loin de ma cour, quoi, j'ai pu l'exiler !
» Ma bonne sœur, viens adoucir ma peine,
» Si le hasard auprès de toi ramène
» Le cher coupable,.. ah ! de notre entretien

» Ne parle pas, qu'il n'en apprenne rien,
» L'aveu du cœur n'est fait que pour le tien. »

Sexe charmant, digne de notre hommage,
Pourquoi l'orgueil est-il votre partage?
C'est donc pour vous un bien pénible effort,
De revenir, quand vous avez eu tort!

Elphise a fait ses adieux à Monfort,
On la priait de hâter son voyage,
Sans hésiter elle quitte sa cour,
Et l'amitié va consoler l'amour.
Mais, en partant, la bonne sœur confie
Le Damoisel à sa fidèle amie;
Elle promet de s'occuper de lui,
Et s'il se peut d'adoucir son ennui.

3   On préparait la fête de la rose,
Dont je ferai le détail et pour cause,
Le plaisir seul régnait à celle-ci,
Et j'ai baillé jadis à Salenci. [1]

Dans le châtel habité par Elphise,
Il existait un droit qu'*Athénaïse*,

---

[1] Village de Picardie où l'on célébrait une fête de la Rose fondée par Saint-Médard.

Avait fondé dans le tems que les Goths
Vinrent en France, amenés par *Sciols*,
On assurait, qu'en ces jours de carnage,
Athénaïse, exemple de pudeur,
La lance au poing, eut le rare avantage
De préserver sa vertu d'un outrage
Et de garder bien intacte, sa fleur;
Avec des Goths c'est jouer de bonheur.
Supposant donc que ce manoir antique
Serait le lot d'une belle pudique,
Elle établit un droit qu'un chevalier
En son châtel devait venir payer;
Il coûtait peu, car une rose blanche
Etait le don qu'à la dame on offrait,
D'un doux baiser la dame la payait,
Et par un bal la fête terminait;
Elle devait avoir lieu le dimanche,
Jour, de tout tems chomé par les buveurs,
Et qui fournit pour les bals, des danseurs.

Pour cette fête, Elphise étant absente,
Sa jeune amie en son nom représente;
C'est arrangé, Parséïs recevra
La simple fleur qu'on doit en redevance,
Le Damoisel la lui présentera,
Suivant les us la belle octroiera,
Le doux baiser, c'est de droit, la décence

N'a rien à dire , et le pardonnera.

Dans le Jardin on a placé des tentes ,
Pour recevoir les comtes, les barons ,
Les chevaliers , les dames élégantes ,
Que l'on attend des plus lointains cantons ;
Et dans le parc on monta des guinguettes ,
Pour les vassaux et pour les bachelettes ;
Sur un gradin s'élève un trône en fleurs ,
Là , sous un dais , l'aimable Portugaise
Doit recevoir et faire les honneurs ,
Avec autant d'esprit qu'une française ,
Par sa beauté , séduire tous les cœurs.

L'airain sonore au loin se fait entendre ,
Tout le hameau dans les cours va se rendre ,
Puis au châtel le groupe est introduit
Par le bailli du lieu qui le conduit.

Le tendre amant de la superbe Algonde ,
Fuyant toujours le tourbillon du monde ,
Au fond d'un bois promenait son ennui ,
Tous les plaisirs sont un tourment pour lui ;
Nouvel Ovide , à l'ombre d'un vieux chéne ,
En vers touchans , il déplorait sa peine ;
Le magister à lui vient s'adresser ,
Pour le discours il doit le prononcer,

Monfort refuse, on insiste, il oppose,
Qu'il est loin d'être un savant érudit ;
« Bon, vos pareils ont toujours de l'esprit, »
Bref il consent que de lui l'on dispose,
On lui remet une écharpe et la rose.

Voilà Monfort devenu général
Des villageois, du corps municipal,
A Parséïs, le bailli les présente,
Elle rougit, se trouble, elle est tremblante.
Sans trop savoir ce qu'il dit, ni comment,
Le Damoisel risque son compliment,
Dont un baiser devient la récompense ;
« C'est généreux, dit au fond de son cœur,
» Une vidame... » Ah ! le pauvre orateur !
Autant que lui pâle est son éloquence !

La scène change, on se rend au banquet,
Tout disposé dans un vaste bosquet ;
Là, plus de rangs, pêle mêle on s'installe,
La bachelette est près d'un suzerain,
Une vidame auprès de *Mathurin*,
Et Parséïs est près du paladin.
Par la gaîté ce banquet se signale,
On boit, on rit, on mange à qui mieux mieux,
Un ménestrel chante un rondeau joyeux,
Et puis après on établit la danse,

Avec Monfort Parséïs la commence,
Non, par le vif et joyeux *Bolero*,
La Sarabande, ou le gai *Fandango*,
Un pas plus grave obtient la préférence,
Et tous les deux entament en cadence,
4 Le menuet que le tems a proscrit,
Quoique Marcel lui trouva tant d'esprit !

Sous les taillis des groupes de bergères,
De pastoureaux, par leurs danses légères,
A l'œil ravi présentent un tableau,
Tel qu'en peignaient et Tenière et Wateau ;
Les flots de vin s'échappent de la tonne,
Traité gratis, que le pauvre s'en donne !
Quel jour pour lui ! grâce au jus de Bacchus,
De sa misère il ne s'occupe plus ;
Des jeunes gars sur des escarpolettes
Font voltiger les folles bachelettes,
Livrant à l'œil leurs plus secrets appas,
Sans soupçonner qu'une fille sévère
Doit redouter la perpendiculaire,
Ligne fatale ! et qui, dans pareil cas,
Laisse tout voir à ceux qui sont en bas.

Au point du jour on se quitte, on regagne
Son cher logis, Monfort va reposer,
Et Parséïs, heureuse d'un baiser,

Va faire encor des châteaux en Espagne.

Ces deux reclus passent tout le printems
Sans avouer leurs secrets sentimens;
L'un occupé de sa trop chère Algonde,
Ne disant mot, et, l'autre, avec effort,
Dissimulant sa blessure profonde,
Mais espérant que, par un coup du sort,
Elle obtiendra de ce chaste Monfort,
Quelque retour; une magacienne,
De Parséïs adoucira la peine.
Pour l'implorer, sans éclat et sans bruit,
Cette Sapho disparaît dans la nuit.

Dans ce bon tems d'une heureuse ignorance,
Aux nécromans on avait confiance,
Ils possédaient des secrets précieux,
Pour composer certain boire amoureux,
Qui ranimait les amans langoureux;
Incendiait le cœur des jeunes filles,
Leur inspirait une lubrique ardeur,
D'un homme usé réveillait la vigueur,
Pour se livrer à douces pécadilles;
Par un tel philtre, à présent inconnu,
A la raison on mettait la vertu.
Nous avons bien encor quelques pastilles
Dont je fais cas, par elles, *Richelieu*
Mit, dans Bordeaux, plus d'une Agnès en feu

Et la força dans ses soupers cyniques,
De contenter ses désirs érotiques.
Pour triompher d'un trop chaste Amadis,
Notre amoureuse et vive Portugaise,
Adroitement fera, ne vous déplaise,
Ce qu'à Bordeaux, un duc a fait jadis.

Près du châtel, embelli par Elphise,
On voit un antre habité par Marphise,
Dont l'art funeste excelle à mettre au jour
Tous les poisons et les philtres d'amour;
Jeune ou vieillard, elle écoute sa plainte,
Comme Médée, elle inspire la crainte,
A l'adonis qui, fier de sa beauté,
Froid et glacé pour celle qui l'adore,
Ne répond pas au feu qui la dévore
Et dont l'amour est par lui rebuté;
Que de Marphise il craigne la vengeance!
Oui, consumé par les feux du désir,
Près d'une femme et n'en pouvant jouir,
Il se verra réduit à l'impuissance,
Ses sens glacés rendront vain tout effort,
Bouche de rose effleurera ses lèvres,
7 Mais sans succès, tel que le duc de *Gèvres*,
Nul et bien nul, il sera presque mort.

Vers la *Circé*, Parséïs va se rendre,

Ah ! sa tristesse et son regard éteint,
Et la pâleur qui régne sur son teint,
Sans qu'elle parle, ont déjà fait comprendre,
Tous les tourmens de cette âme trop tendre;
De Parséïs la vieille prend la main,
Où son œil lit les arrêts du destin,
Elle frémit, puis ajoute soudain...

 « Un feu secret te brûle, te dévore,
» Fait ton malheur, et ton amant l'ignore?
» Tes vains soupirs ne sont pas entendus?
» Eh bien, suis moi, viens dans cet antre hor-
                                             rible,
» Où, signalant mes pouvoirs inconnus,
» Je sais punir le mortel insensible,
» Qui fuit l'amour, et méprise Vénus.

De l'antre alors les voûtes retentissent
Et sur leurs gonds les battans qui mugissent,
S'ouvrent ; au loin la faible Parséïs,
Voit ces Phaons [1] qui, las ! trop tard gémissent,
De leur froideur, sans mourir comme *Iphis*. [2]

---

[1] Phaon, jeune grec qui rebuta l'amour de Sapho.

[2] Iphis se pendit de désespoir de n'avoir pu vaincre la froideur d'Anaxarette.

A cet aspect, Parséïs sans courage,
Baisse les yeux, se voile le visage,
N'osant fixer ces groupes indécens,
D'hommes pressés par des femmes charmantes,
Qui, presque morts sous leurs mains caressantes,
Brûlent d'amour... Mais, las ! sont impuissans.

Lors elle dit :.. O puissante Marphise !
» A ton pouvoir mon âme s'est soumise,
» Mais pour changer, pour animer le cœur
» D'un bel ingrat, ne fais pas son malheur ;
» A ses regards, n'offre pas tous mes charmes,
» Comme une erreur qui doit s'évanouir ;
» Quand sa froideur me fait verser des larmes,
» Change Monfort sans le faire souffrir;
» Comme Sapho j'implore ta puissance
» Et tes secours, mais je hais la vengeance ;
» Rapproche moi du rebelle aujourd'hui,
» Qu'il ait pour moi l'amour que j'ai pour lui.
» Brûlant d'amour pour la jeune Délie,
» Jadis, Tibulle implora Canidie ; [1]
» Il obtint d'elle un philtre précieux,
» Un don pareil satisfera mes vœux;
» A mon orgueil il suffit que je plaise,

[1] Canidie fameuse magicienne de Rome.

12

» C'en est assez : non, une Portugaise
» A tant de fiel ne peut s'abandonner,
» Et quand elle aime, elle sait pardonner. —
— » Je remplirai tes vœux, répond Marphise, –
— » Aujourd'hui ? Non, mais conserve l'espoir,
» Si la nature à mes lois est soumise;
» Parfois aussi mon art est sans pouvoir,
» Pour composer ce philtre nécessaire,
8 » Au ciel Phœbé répand trop de lumière,
» Et j'ai besoin du retour du croissant;
» Pour rendre encor le charme plus puissant,
» Je te promets zèle, soins, assistance,
» Et, puisqu'en moi tu mets ton espérance,
» Jouis déjà du succès qui t'attend.

Le tourbillon d'une vapeur épaisse,
Entoure alors la vieille prophétesse,
Et la dérobe aux yeux de Parséïs,
Dont les chagrins déjà sont adoucis.

Tel dans les champs, après un grand orage,
On voit le pâtre, à l'abri d'un feuillage,
Fixer au ciel l'astre dont les rayons,
En s'éloignant, colorent les sillons;
Il a moins peur, il reprend du courage
Et vers l'étable il poursuit son chemin,

En se disant : « Il fera beau demain. »

Mais que devient l'innocente Clémence ?
L'aimable Agnès dans un bois très-couvert,
Trop lentement voyage avec Robert,
Pour arriver qu'elle a d'impatience !
Elle va voir un Roi !.. c'est fort piquant,
Quand on a vu jamais que le couvent.
Elle verra cet époux qu'elle espère,
Et qu'il faudra que monsieur son cher père
Lui donne enfin; pour former de tels nœuds,
Un roi puissant ne dit qu'un mot,.. *Je veux* ;
Elle verra la cour et les spectacles,
Car c'est bien là le pays des miracles ;
La jeune Agnès fait des rêves charmans,
Tels que, jadis j'en faisais à quinze ans.

La caravane enfin entre à Péronne,
Avec l'argent que valent les rubis.
Anne d'abord va chercher des habits,
Pour bien parer la petite personne,
Les vêtemens qu'elle a sont trop unis,
Ces deux rubis que Monfort au vieux guide
Avait remis, furent vendu presto,
Presque aussi cher que, depuis, Mons Candide
Vendit à Kous le mouton le plus beau,
Que lui donna le roi d'Eldorado.

Lorsque Clémence est brillamment parée,
Anne la mène à monseigneur d'Urson,
Grand chambellan de sire Roricon,
Qui négocie aussitôt son entrée
Et par le droit que donne son emploi,
Lui-même va la présenter au Roi.

Les yeux baissés, mille fois plus jolie
De sa pudeur et de sa modestie ;
Clémence tient en main le billet doux,
Le Roi lui dit : « Belle, que voulez-vous ? —
— » Monseigneur Roi, je viens pour vous remettre,
» D'un très-grand saint, une touchante lettre..—
— » Comment ! d'un saint ?— « il l'est pour moi,
                                        Seigneur,
» Car je lui dois en ce jour le bonheur ; —
— » Quel est ce saint qui mérite une châsse ?
» Expliquez-vous, ma belle enfant, de grâce,
» Ne tremblez point, que je sache le fait, —
— » Vous apprendrez le tout par ce billet.

D'Urson le prend des mains de l'innocente,
Dont l'incarnat rougit le jeune front,
Qui ne dit mot, tant elle est pantelante,
Le cher billet est lu par Roricon.

« Que vois-je ! ô Ciel !.. l'étonnante aventure!

» Oui, de mon fils c'est bien la signature,
» Il s'est fait moine ! — « Oh non, monseigneur
                                                    Roi,
» Il ne l'est plus à présent, je le croi ; —
— » Allons, petite achevez-moi ce conte, »
Dit Roricon d'un air plus caressant ;
Plus rassurée alors elle raconte
Comment Monfort advint dans le couvent,
Dans une châsse avec l'habit d'hermite,
Comment, la nuit, en faisant sa visite,
La belle a su que ce mort, très-vivant,
S'ennuyait fort, enfin, comment ensemble
Ils sont partis du moutier... Le billet
Doit expliquer le reste du secret ;
Oh c'est alors que la pucelle tremble,
Lorsqu'elle entend le Roi qui lit tout haut :

    « Mon père et Roi, Monfort vous en supplie,
» A sire Ernest unissez au plutôt
» Ma protectrice, elle est jeune et jolie,
» C'est à son cœur que Monfort doit la vie :
» Pardonnez moi, vous me verrez un jour,
» Avec éclat reparaître à la Cour. —

    » Je reverrai ce cher fils que j'adore !
» S'écrie alors en pleurant le bon Roi ;
» Ma belle enfant je ferai tout pour toi,

» Que ton époux... est-il là ? — « Pas encore

» Monseigneur Roi, je le crois à Soissons;

» Mon cher papa qui veut de la richesse,

» A refusé cet ami,.. ma tristesse

» Vous dit assez combien nous nous aimons,

» Et si, pour nous se montrant trop barbare,

» Avec rigueur mon père nous sépare,

» Ernest et moi, c'est sûr, nous en mourrons;-

— » Non cher enfant, non, avec confiance,

» Repose toi sur ma toute puissance,

» Ton père,.. Ernest, seront bientôt ici,

» Parle, où ton père est-il? — «Près de Courci,-

— » Son nom ? — « *Lisvard*, — » D'Urson, dans
la journée,

» Fais équiper ma belle haquenée;

» Je te députe auprès de ce Lisvard,

» Qu'ici, demain, il arrive au plus tard;

» Tu te feras précéder de vingt Pages;

» Mes écuyers avec leurs équipages,

» Suivront tes pas, que mon ambassadeur

» A mon sujet se montre avec splendeur. —

— » N'oubliez pas Ernest, je vous conjure, —

— » Vous le verrez aussi, je vous le jure;

» Sire Roger, député par son Roi

» Sera chargé d'une lettre de moi,

» Vous reverrez celui qu'amour réclame,

» Et j'en réponds, vous deviendrez sa femme;

» Sauvant mon fils, je vous dois le bonheur,

» Je ferai, moi, celui de votre cœur;

» Venez, je vais vous mener chez la Reine,

» Que le plaisir fasse oublier la peine.

» Mon cher d'Urson, qu'elle est bien!... en hon-
                  neur,

» Dit, à mi-voix, au confident intime

» Le Roricon... « Cette Agnès me ranime,

» Et je regrette, en voyant sa fraîcheur, —

— » Quoi donc, mon prince? — « Eh, le droi
                  du Seigneur. »

FIN DU NEUVIÈME CHANT.

~~~~~~

Chant Dixième.

ARGUMENT.

Elphise rejoint Algonde et commence à négocier son raccom-
modement avec le Damoisel ; Clodoër veut se soustraire au
traité fait jadis entre lui et le roi de Picardie, il députe Albert
aux souverains du Nord, assemblés dans un congrès ; discours
d'Albert ; réponse d'Harimdal roi des Sarmates ; les rois du Nord
promettent de se liguer avec lui contre Algonde comtesse de
Flandre ; Clodoër fait proposer préalablement sa main à cette
souveraine et menace de porter le fer et la flamme dans ses
états, si dans trois mois elle n'accepte point l'alliance qu'il lui
propose ; Algonde rejette fièrement l'offre de Clodoër, et dispose tout pour l'attaquer à l'époque indiquée ; Elphise retourne
près d'Algonde, et s'assure d'une armure complète et d'un destrier pour le Damoisel, après s'être emparée adroitement d'un
portrait d'Algonde à son insçu ; les dames de la Cour d'Algonde
se font inscrire pour suivre sa bannière et lèvent un corps d'A-
mazones ; départ d'Algonde pour se mettre à la tête de son armée, elle est suivie de toutes les femmes de sa Cour ; Hernold
commande l'armée avec elle, et tous deux vont établir leurs
camps sur les bords du Zuiderzée.

J'aime beaucoup les rois, les souveraines,
Qui, pour venger leurs peuples et leurs droits,

De leurs sujets partagent les exploits,
Et de l'état savent tenir les rênes;
Au champ d'honneur n'a-t-on pas vu des reines
1 Se distinguer? la femme d'Odenat[1],
Seule, aux Romains sut livrer le combat,
Dans la contrée, où coule la Vistule,
2 Torfœus[2] dit que la fière Vanda[3]
Humilia son rival ridicule[4]
Qui fut poussé jusqu'au bord du Volga,
3 Le dur Odin[5] ce chef des Scandinaves
Qui, dans le Nord fit cent peuples esclaves,
Ne fut-il pas secondé par Fregga[6]?
4 Je peux citer la reine Marguerite[7],
Notre pucelle a, je crois, son mérite[8],
Vers Orléans... je m'arrête et me tais,
Au tems passé, reprenant ma flamberge,
Je désirais qu'une semblable vierge,
Puisse comme elle attaquer les Anglais,
Mais avec eux nous avons fait la paix.

---

[1] Zénobie reine de Palmyre.
[2] Historien du Nord.
[3] Vanda reine des Sarmates, aujourd'hui les Polonais.
[4] Ritagore personnage ridicule dans l'histoire.
[5] Odin roi des Scandinaves et législateur dans le genre de Mahomet.
[6] Fregga, épouse d'Odin, joua le rôle de prophétesse et contribua beaucoup à ses victoires.
[7] Marguerite d'Anjou qui combattit en personne à la tête de ses armées.
[8] Jeanne d'Arc.

Aux longs chagrins, à la mélancolie,
De dame Algonde, une sœur bien chérie
Tâche de faire un peu diversion,
N'oubliant pas l'ami qui l'intéresse,
Du Damoisel, Elphise avec adresse
Plaide la cause en cette occasion,
Le repentir mérite son pardon ;
On se souvient que sur Algonde nue,
Cet indiscret osa porter la vue,
Et fut chassé pour toujours du palais,
On négocie adroitement sa paix ;
On fait valoir sa longue pénitence,
Et, ce qui touche encor plus, sa constance,
Vertu si rare, hélas! chez les amans,
Qu'on peut citer; quand ils n'ont que vingt ans,
On fait valoir sa valeur éprouvée,
Par qui la Flandre un jour sera sauvée,
L'orage gronde, et l'instant n'est pas loin,
Où, de ce preux, Algonde aura besoin,
Quittons ces sœurs qu'un même vœu rassemble,
Et dans Arras rejoignons Clodoër,
Que j'ai long-tems oublié, ce me semble,
Il forme un plan qu'il pourra payer cher.

Humilié d'une ancienne défaite,
Le roi d'Artois cherchait à se venger,
Quoiqu'il en coûte, il veut se dégager,

De ses sermens, et rompre la paix faite
Avec Monfort, honteux d'être vassal
De Roricon, presque son homme lige,
Il ne veut plus que son puissant rival,
A rendre hommage en son palais l'oblige.

Pour se soustraire à ce droit féodal,
Dans vingt pays, il s'agite, il intrigue,
Des rois du Nord il demande l'appui,
Et tous ces rois, aussi brigands que lui,
Accepteront cette coupable ligue ;
Le Clodoër déploie en ce traité,
Sa politique infernale et profonde,
Pour se venger de la trop fière Algonde,
Par qui l'amour du sire est rebuté,
Il a jadis à cette souveraine
Fait proposer et son trône et sa main,
Et son refus accroît encor sa haine,
Rebute-t-on un grand monarque en vain ?
Sans réfléchir à son plan téméraire,
Chez le flamand il va porter la guerre,
Dans Odinsée [1] on tenait un congrès,
Albert, au nom de son seigneur et maître,
Comme envoyé se hâte d'y paraître,

[1] Aujourd'hui Copenhague.

Nouvel Ulysse, aussi fourbe, aussi traître,
Le député dit ces mots à peu près...

« Fils des héros, dont l'antique vaillance
» Aux fiers Romains résista si long-tems,
» Cimbres, Teutons, généreux descendans
» Du grand Odin, embrassez la défense
» Du souverain qui parle par ma voix ;
» Pour le venger, Clodoër vous réclame,
» Le croirez-vous, le rejeton des rois
» Qui, de tous tems, ont régné sur l'Artois,
» Est menacé... Par qui?.. Par une femme.
» Vous mêmes, vous qui, loin de ses états,
» Vivez en paix, cette orgueilleuse Algonde
» Que Roricon dans ses projets seconde,
» Prétend sous peu, dans le champ des combats,
» Vous défier... déjà ses émissaires
» Vont des Frisons menacer les frontières,
» Algonde croit, renouvelant Fregga,
» Vous amener à Lille tous esclaves.
» Dans son palais on prépare déjà
» Les fers honteux, qu'aux rives du Volga,
» Sa main destine aux fils des Scandinaves.

» Vous le savez, un oracle fameux
» Prédit qu'un jour, cette plage lointaine,
» S'humilierait sous les lois d'une Reine ;

» Mais rappelant l'orgueil de leurs aïeux,
» Les rois du Nord se défendront comme eux.

» Venez au sein de cette Gaule antique,
» Faire mentir cet oracle authentique,
» Et montrez-vous plus puissans que les dieux,
» Vous unissant et les uns et les autres,
» De cette femme abaissez la fierté,
» De Clodoër le trône est menacé,
» O rois du Nord! sauvez, sauvez les vôtres.

A ce discours, par un cri général,
En frémissant les monarques répondent,
« Du fer! du fer! dit le brave *Harimdal,*
» *Semunge, Ingist, Eric, Frothon, Budnal,*
» Nos intérêts aujourd'hui se confondent,
» Faisons mentir cet oracle honteux,
» Nous menacer! qui! nous, des Scandinaves!
» Quoi, d'une femme ils seraient les esclaves!
» Jamais, jamais, laissons à nos neveux
» Notre nom pur, et si, comme Alexandre [1]
» Un chef flamand, trompé par son orgueil,
» Dans nos forêts un jour osait descendre,
» Qu'il vienne ici pour trouver son cercueil,

---

[1] Alexandre de Macédoine pénétra chez les Scithes, son entrée est consacrée par le superbe discours de Quinte-Curce.

» Que Clodoër compte sur le Sarmate ;
» Il le verra suivre ses étendards,
» Las du repos, ton monarque me flatte,
» En m'appelant encor au champ de Mars,
» Je te réponds de mon frère, et nos Scithes
» De leurs rochers vont quitter les limites.

» Dis à ton Roi, qu'Harimdal et ses fils
» Ayant vaincu, ne veulent d'autre prix,
» Que de conduire à mon char enchainée
» La souveraine, objet de leur mépris ;
» A cet autel elle sera trainée,
» Au pied du dieu, de qui je tiens mon rang ;
» J'immolerai cette altière rivale.
4 » Dans cette coupe où le fer seul étale,
» Le luxe Goth, je veux boire son sang. »

Il dit : se lève, et les rois vont se rendre
6 Dans un vieux temple où le fer tient lieu d'or,
Devant Odin est l'image de Thor ;
Sur leurs autels chaque guerrier va prendre
Et sa massue et son arc, devant eux ;
7 On voit marcher trois cents vierges charmantes[1]
Chantant déjà leurs exploits, non douteux,

---

[1] Les Valkiries, espèce de Houris dans le genre de celles de Mahomet,
qui versaient de l'hydromel aux guerriers scandinaves.

Tous les guerriers de leurs mains innocentes,
Vont recevoir ce breuvage enivrant, [1]
Qui doublera leur courage bouillant,
Au dieu du Cimbre on offre en sacrifice
Un cheval noir ; Harimdal, sur l'autel
8 Verse l'encens, et des flots d'hydromel,
Pour qu'à ses vœux, Mars se montre propice,
La flamme brille et se perd dans les airs ;
Présage heureux, on part sans plus attendre,
Et traversant les forêts, les déserts,
D'épais glaçons presque toujours couverts.
Tous les Normands s'avancent vers la Flandre,
A leurs drapeaux se joignent les Frisons,
Les Marcomans, les Suèves, les Teutons ;
L'ambassadeur dans une nef agile,
Va visiter la superbe Albion
Pour appuyer la coalition,
Il trouva des amis dans cette île.

Enfin, Albert vivement attendu,
Par son monarque, auprès de lui rendu,
De trente rois lui porte la réponse.

Sûr du succès, le roi d'Artois annonce

---

[1] Composé de lait de jument qu'on laissait fermenter, et qui rendait les soldats presque furieux,

Par un cartel à la fière beauté,
Qu'il va porter et le fer et la flamme,
Dans ses états si, dans trois mois, la dame
N'accède pas aux clauses du traité,
Toujours amant, il offre encor son trône,
Et que l'hymen si long-tems désiré
Des deux époux confonde la couronne,
Albert, porteur de cet ultimatum,
Part, mais fait dire avant un *Te Deum.*

La Renommée, alerte messagère,
Qui va semant les moindres bruits des Cours,
Brode avec art, embellit, exagère,
Trompe parfois, et que l'on croit toujours,
De Clodoër et d'Algonde, d'avance,
En vingt pays annonce l'alliance,
Et dans Arras, les hauts barons, les grands,
Ont préparé déjà leurs complimens.

« Quoi, dit Algonde, un vassal de Flandre,
» A m'épouser ose encor prétendre !
» Je vais répondre à ce vil souverain
» Comme je dois, les armes à la main,
» Le Nord a vu des femmes belliqueuses,
» Hé bien la Flandre en peut de même offrir;
» Braves Flamands, vos femmes généreuses
» En ce moment viendront me secourir,

» Aux champs d'honneur poursuivons la victoire,
» Plus de délais, et si je dois mourir,
» Ma mort au moins me couvrira de gloire,
» Pour mon départ que tout soit commandé.

Le vieil Hernold, au palais est mandé,
« Il faut combattre et vaincre, ton courage,
» Brave guerrier, n'est point glacé par l'âge,
» Commande encor mes belliqueux sujets,
» Guidés par toi, je réponds du succès,
» Moi-même, Hernold, je suivrai ta bannière,
» C'est dans trois mois qu'un voisin téméraire
» Veut m'épouser, ou commencer la guerre,
» De mon mépris, pleinement convaincu,
» Que dans trois mois, on dise... Il a vécu.

» Sous mes drapeaux vous viendrez, belle *In-*
gonde,
» Jeune *Mahaut,* superbe *Rupelmonde,*
» Fière *Condé*, vous qui, du Cambrésis
» Faites la gloire, et toi, Sainte *Aldegonde*
» Que pour porter ma lance je choisis.

A cet appel, mille beautés répondent,
Les cris de guerre et les chants se confondent,
Telle, j'ai lu, qu'au bord du Simoïs,
La hache en main, on vit Penthesilée

13

Sur un coursier au fort de la mêlée,
`Porter la mort dans les rangs ennemis.

Le brave Hernold oubliant sa vieillesse
Croit retrouver le feu de sa jeunesse,
Son cœur s'émeut, ses yeux étincelans
Semblent briller du feu de leur printems,
A la valeur il unit la prudence,
Ainsi, jadis, par un preux de la France
Du fier Germain, l'orgueil fut abattu,
9   Et par Villars, Eugène fut battu.

Cette nouvelle à peine est répandue,
Que la jeunesse oubliant le plaisir,
Pour augmenter, s'il le faut, la recrue,
Au brave Hernold en masse va s'offrir.
Dans l'arsenal déjà tout se prépare,
Le chevalier de ses armes se pare;
Pour s'exercer, le vieillard généreux
Fait prendre l'air à ses ducats poudreux;
Le sexe aimable à cet élan s'allie,
Il vient offrir ses bijoux, ses joyaux,
Et de broder de sa main les drapeaux.
10   Que ne fait pas l'amour de la patrie !
Algonde part, et le sexe charmant
Tient à la suivre, à partager sa gloire,
Mille beautés, que tente la victoire,

Vont s'enrôler pour ses aides de camp,
On ne fait plus que hauberts et cuirasses,
Le fer devient la parure des grâces,
Lors on oublie et rubans et pompons,
C'est Mars qui taille et coupe les costumes,
Pour équipèr ces jolis bataillons,
Qui, cependant, porteront seuls des plumes,
C'est l'ordonnance; avec malignité,
Le vieil Hernold prétend que la beauté
Qui, pour l'état se met à la réforme,
Doit cependant conserver pour la forme
Quelques brevets de sa légèreté.

Elphise alors fait un second voyage,
Dans le premier elle avait ébauché,
Un doux pardon pour l'amant toujours sage,
Que Parséïs n'a pas encor touché ;
Pour cet amant la tendre sœur implore
Bien vainement, l'amour a moins de droits
Lorsque l'honneur fait entendre sa voix ;
Cet exilé, cependant, on l'adore,
Mais s'occuper de lui dans ces momens,
Serait honteux. Toute entière à la gloire,
A ses travaux, Algonde, dans les camps,
Pour s'assurer d'avance la victoire,
Fait manœuvrer tous les jours ses Flamands ;
On s'accoutume aux combats, on bivouac,

D'un ancien fort on simule l'attaque,
Electrisés par leur beau général,
Les bons Flamands font la petite guerre
Et comme ils font une excellente chère,
Soir et matin, ils ne chargent pas mal.

Servir Monfort est de sa noble amie,
Le plus doux soin, une armure est choisie
Pour équiper ce loyal chevalier,
Que dans les camps on verra reparaître ;
Dont la valeur décidera, peut-être,
Le doux pardon, qu'on tarde d'octroyer.
Sous un faux nom, et, sans qu'on le soupçonne,
Il combattra bien près de l'Amazonne.
On fait choisir partout un destrier,
Beau, fier, ardent au combat, intrépide,
Et qui soit digne en tout point de son guide,
On en trouve un, qu'on croirait fils de l'air,
Il est si prompt, qu'il est nommé l'éclair.

Mais le cadeau qui plaira davantage
Au Damoisel, est un charmant portrait,
Qu'Elphise a pris à sa sœur en secret ;
D'amour, au preux elle offrira ce gage,
En lui disant de n'en jamais parler,
Sur un amant pareil on peut compter.

Ayant enfin complété son armure ,
Elphise part avec sa mignature,
Et va trouver le langoureux Monfort,
Dans son châtel , où ne vous en déplaise ,
Malgré les soins qu'en a la Portugaise,
Le sire baille et s'ennuie à la mort.

Mais du cartel bientôt le terme expire ,
Algonde voit des confins de l'empire ,
Les fiers enfans de Bellone et de Mars
Se réunir tous sous ses étendards ;
Comme jadis dans les plaines de Troye ,
Agamemnon vit les Grecs valeureux ,
Prêts à venger un époux malheureux. [1]
L'air retentit de mille cris de joie ,
Pour voir passer ces nombreux bataillons ;
On est monté sur les plus hauts donjons ,
Et les lauriers , digne prix du courage,
Sont en faisceaux portés sur leur passage.

Auprès d'Algonde est le vieux général ,
Que l'on distingue à son air martial ;
Mille beautés s'empressent auprès d'elle ,
Un large casque ombrage leurs appas ,
Sous l'attirail qui convient aux combats ;

[1] Ménélas époux d'Hélène.

On reconnait cependant une belle
Qui, par la grâce, en tout tems se décèle,
Caracolant sur son leste coursier,
Dont les harnois brillent par l'élégance ;
Chaque Amazone a déjà l'espérance
De ramener un Normand prisonnier ;
De Paladins une escorte nombreuse,
Suit en chantant, la bravoure est joyeuse
Chez le Français, libre, toujours égal,
Ne démentant jamais son caractère,
Et qu'un héros fait marcher à la guerre
Aussi gaîment que s'il allait au bal.

    Ainsi j'ai vu nos défenseurs fidèles,
Le cœur tout fier, l'œil brillant, plein de feu,
11 Quitter Paris pour suivre *Richelieu*,
Chéri de Mars, de Voltaire et des belles.
A cette époque, au moins, quelques succès
Ont, vers Minorque, illustré les Français.

    J'ai vu, plus tard, un homme de génie
Faire oublier la honte de *Pavie*,
Par sa valeur venger *François premier*,
De l'espagnol illustre prisonnier,
Sous les drapeaux du fils de la victoire,
Toujours actif, même au sein du repos ;
Trois cents combats nous couvrirent de gloire,
Oui, c'était Mars conduisant des héros,

Les entraînant sur les rives du *Tage*,
Et du *Douro*, du *Danube* et de *Laar*;
Il aurait pu, renouvelant César,
Prodiguant moins ses soldats, leur courage,
Dans l'Indostan porter son étendard ;
Un dur hiver trompa son espérance,
Voilà celui que, pour sauver la France,
Je voudrais voir secouant son linceuil,
Le fer en main, sortir de son cercueil;
Mais il vivra pour jamais dans l'histoire,
Son nom sera gravé dans la mémoire.
On se dira toujours avec orgueil,
Qu'il a soumis l'Autriche et l'Italie ,
Qu'il fut vainqueur aux plaines d'*Austrelitz*
Et de *Rosbach*, effaçant l'infamie,
Il surpassa la gloire du grand *Fritz* [1].

FIN DU DIXIÈME CHANT.

---

[1] C'était ainsi que les soldats prussiens appelaient le grand Frédéric, lorsqu'il se fut emparé de la Silésie.

Chant Onzième.

ARGUMENT.

Retour d'Elphise dans son château ; Parséïs fait un second voyage chez la magicienne pour réclamer le philtre qu'elle lui a promis ; Elphise apprend à Monfort les projets de Clodoër et lui remet le portrait d'Algonde et une armure complète ; Monfort s'engage à combattre Clodoër et à venger la comtesse de Flandre, sans se faire connaître ; il part pour aller joindre ses drapeaux sur les rives du Zuiderzée ; retour de Parséïs au château d'Elphise ; elle apprend le départ précipité de Monfort et son amour pour Algonde ; désespoir de la Portugaise ; elle se décide à se renfermer dans un cloître pour le reste de ses jours, et se rend au Paraclet ; description de cette abbaye ; Parséïs y est reçue chanoinesse ; portrait du directeur de l'abbaye ; Thibaut, comte de Champagne, découvre Parséïs dans le monastère ; il en devient amoureux ; moyen qu'il emploie pour se rapprocher d'elle ; il fait valoir une ancienne chartre par laquelle les comtes de Champagne ont droit de nommer l'abbesse du Paraclet ; celle qui était à la tête du monastère passe à l'abbaye de Fontevrault ; intrigue pour nommer sa remplaçante ; assemblée du chapitre, où Mainfroi sénéchal de Thibaut, donne connoissance du titre de Monseigneur ; on nomme une députation pour lui porter la liste des dames que l'on propose pour être abbesses ; Thibaut va prendre séance

au chapitre ; il y établit ses prétentions ; débats ; procès ; Parséïs est nommée pour être médiatrice ; elle se rend au château du comte de Champagne ; ce seigneur renonce à tous ses
droits et déclare son amour à Parséïs ; retour de Parséïs au Paraclet ; triomphe des chanoinesses ; fête que leur donne le
comte de Champagne et pour quel motif ; retour au Paraclet.

Désespéré quand je perdis ma Laure,
Jeune, jolie et fraîche autant que Flore,
Comme Pétrarque, oui, je voulais mourir,..
Mais je dormis, ma douleur fut calmée,
Je remplaçai l'ingrate trop aimée,
Le tems qu'on passe à pleurer, à gémir,
Est un larcin que l'on fait au plaisir ;
D'un Céladon je fuis la renommée,
Quand on me quitte, ailleurs je vais choisir,
C'est mon système, à merveille il m'arrange,
Colin [1] l'a dit :.. Sur terre, au ciel tout change,
Les bois, les fleurs, les astres, les saisons,
Les goûts, les mœurs, imitons-les, changeons.

Ah ! mon héros n'a point cette morale,
Ne faites pas d'avance son procès ,
Jeunes beautés, constant jusqu'au scandale,
On peut douter que Monfort soit français.

[1] Dans la comédie de l'inconstant.

Elphise enfin va rendre l'espérance,
A ce sensible et tendre Damoisel,
Qui soupirait toujours dans son châtel,
En calculant les jours de son absence.

Pour sa compagne, ah! quel retour cruel!
Malgré ses frais, elle n'a point la gloire
De triompher, tout abuse ses vœux,
Sa vanité doute de la victoire,
Comme Sapho l'on méprise ses feux.
Mais, de Phœbé le croissant brille aux cieux,
Laissant Monfort heureux de voir Elphise,
Elle s'éloigne et vole chez Marphise
Y réclamer ce philtre précieux,
Qui pouvait rendre un vieillard amoureux;
A cet espoir, la belle s'abandonne,
Son cœur jouit d'un bonheur qu'il lui donne.

Elphise apprend au fidèle Amadis
Le plan du roi qu'il a vaincu jadis,
Il veut soumettre et Péronne et la Flandre,
Même à la main d'Algonde osant prétendre.
— « Lui? ce brigand! reprend le chevalier,
» Je pars, et seul, je vais le défier, —
— » Bon Damoisel, calmez cette colère,
» Que peut tenter ce rival téméraire?
» Ah! du destin qu'il craigne le retour,

» Je le sais trop, la Fortune et l'Amour
» Sont contre lui. Cet insolent espère
» Forcer ma sœur à lui donner sa main;
» Vous l'obtiendrez, oui, soyez en certain,
» L'époux sera l'amant, il a su plaire,
» Ceci dira, ce qu'on s'obstine à taire.

Lors du coffret tirant le médaillon,
Du cher portrait au preux elle fait don.

« Que vois-je! O ciel! Algonde!. douce amie!»
Fixant, baisant cette image chérie;
Le tendre amant satisfait, éperdu,
Ne voit plus rien que cette image,.. Elphise
Lui dit en vain qu'une grande entreprise
Exige un chef, et qu'il est attendu,
Il n'entend rien, il a l'esprit perdu,
Elphise alors fait apporter l'armure,
Et c'est l'instant où le jeune héros
Cède à l'honneur qui, d'un retard murmure.

2   Tel fut jadis, Achille dans Sciros,
On sait comment son âme fut frappée,
Lorsqu'au milieu des bijoux, des joyaux
Qu'on déployait, il aperçut l'épée
Qu'au fond du coffre Ulysse avait cachée,
De son [1] costume alors Achille honteux,

---

[1] Achille était habillé en femme.

Dans son réveil se montre fils des dieux !
Ainsi Monfort retrouvant son courage,
Jure la mort d'un rival qui l'outrage.

Il combattra ce lâche souverain,
Sans se nommer, ce brave paladin
Doit de sa mie assurer le destin.
C'est le serment que de Monfort, exige
L'aimable sœur; le Damoisel s'oblige,
Servant Algonde, à garder le secret,
Revêt l'armure et la noire cuirasse,
Saisit sa lance; auprès de son cœur place
Le médaillon qui couvre le portrait,
Monte à cheval, pique, et part comme un trait.
Toute à l'erreur, dont le charme soulage,
Cette beauté qu'a vu naître le Tage,
Avec son philtre arrive fièrement;
L'illusion disparaît promptement,
Lorsqu'elle apprend que celui qu'elle adore
Pour s'éloigner a devancé l'aurore,
Q'il va venger, et l'amour et l'honneur,
Qu'enfin une autre a des droits sur son cœur;
De son espoir Parséïs est déçue,
Cette nouvelle et l'accable et la tue,
Ce beau séjour, alors désenchanté,
N'a plus d'attraits pour son cœur attristé,
Sur les jardins elle porte la vue.

« C'en est donc fait, tout m'ordonne de fuir,
» Ces lieux charmans, loin d'eux je vais mourir;
» J'ai tout perdu, de ma longue blessure
» Et des chagrins qu'en silence j'endure,
» Aucun secours ne pourra me guérir,
« Puisque Monfort aime la sœur d'Elphise;
» Que puis-je attendre à présent de Marphise ?
» En vain son art me venge.. De quel prix
» Peut-être un cœur qui, d'un autre est épris ?
» Que la fierté me rende le courage,
» Sachons souffrir, hélas ! c'est mon partage,
» Fuyons le monde et ses trompeurs attraits;
» Au fond d'un cloître allons chercher la paix,
» La paix ! hélas ! vainement je l'espère,
» Non, je ne peux la retrouver jamais,
» Eh bien offrons au maître de la terre,
» Ce tendre cœur que repousse un mortel.

» Adieu jardins, bois, paisible châtel,
» Où vainement me berça l'espérance,
» Adieu séjour, témoin de ma souffrance,
» Bien loin de vous je vais m'éteindre, et toi,
» Cruel Monfort, sois plus heureux que moi. »

Tout sert ses vœux, la nuit obscure et sombre,
Pour le départ va lui prêter son ombre;
Parséïs, seule, avec un pastoureau

Qui la conduit, s'éloigne du château.

3   Au Paraclet se rend la voyageuse,
   Lieu révéré, qui le sera toujours;
4 Où, d'Abeilard l'amante généreuse,
   Long-tems après, soupira ses amours.
   C'est un chapitre où l'antique naissance
   Donne des droits, bien plus que l'opulence;
   Par un Chérin [1] les titres dépouillés,
   Doivent prouver au moins douze quartiers.

   De ce moutier un parc ferme l'enceinte,
Son bois épais et son calme enchanteur,
Sans attrister, font naître dans le cœur,]
Non, les élans de la piété sainte,
Mais cet aimable et doux recueillement
Que loin du bruit cherche le sentiment;
Dans les bosquets, sous l'épaisse verdure,
D'un clair ruisseau l'onde fuit et murmure,
Dans le silence on contemple son cours;
Là, sur ses bords, l'amante abandonnée,
En déplorant sa triste destinée,
Comme les flots, voit s'écouler ses jours.

---

[1] Un des ancêtres de celui qui était chargé d'examiner les titres de noblesse des personnes qui se faisaient présenter à la Cour et qui en constatait la validité.

5   Du Paraclet la règle est peu sévère,
La vie est douce et n'offre rien d'austère ;
Femme sensible, en proie à la douleur,
Quand elle veut trouve un consolateur ;
Point de parloir et de gênante grille,
De sœur *Ecoute*, espion clandestin ;
On peut chez soi recevoir sa famille,
Même par fois un très-jeune cousin ;
Le directeur n'est point un triste moine,
Sale, cagot, croyant à Lucifer,
Et pour un rien menaçant de l'enfer.
C'est au contraire un aimable chanoine,
A l'œil brillant, au teint toujours fleuri,
6 Le médecin prévient autant que lui.

La chanoinesse encor un peu coquette,
Invoque l'art en faisant sa toilette ;
D'un voile noir les ténébreux replis
D'un jeune front ne couvrent pas les lys ;
Le doux jasmin, la rose printannière,
Aux yeux mondains cachent le scapulaire,
Et de l'écharpe enfin, le nœud discret
Peut dans ses plis couvrir un doux billet.

Toute la nuit Parséïs en silence,
A fait la route avec son pastoureau,
Désirant voir avec impatience,

Ce cher couvent, peut-être son tombeau.

Dès qu'elle arrive, une jeune tourière
Vient sur le seuil recevoir l'étrangère,
Et la conduit; l'abbesse, sans orgueil,
Met de la grâce à son premier accueil,
Beaucoup d'esprit, pour que la Portugaise,
Dès le début soit d'abord à son aise;
Par sa beauté déjà Parséïs plait,
Ce qu'elle apprend inspire l'intérêt.

On fait soudain assembler le chapitre,
C'est une amante abusée, eh quel titre
Pour émouvoir! A son touchant récit,
Plus d'une nièce[1] *in pecto* s'attendrit.

Parséïs quitte à l'instant sa parure,
Le noir succède à ses riches habits;
Pour une croix on quitte sans murmure
Les diamans, les perles, les rubis,
La chaîne d'or, le fermail magnifique,
Cède la place au ruban gris de lin;
Au bas duquel est un Saint-Augustin,
Saint aujourd'hui, jadis fort libertin,

[1] Dénomination qu'on employait dans les chapitres pour désigner les jeunes postulantes.

Et qui coûta bien des pleurs à Monique.

Le sacrifice étant exécuté,
On mène après, cette jeune beauté,
Dans sa cellule, où la coquetterie
Au genre austère avec goût se marie ;
L'œil y découvre un luxe un peu mondain,
Tout en est blanc : le lit, le baldaquin,
Le couvre-pied, les rideaux des croisées,
Sont retenus par des nœuds de rubans ;
Sous les frontons les étoffes plissées
Brisent du jour les rayons trop brillans.
Aux quatre coins et sur la cheminée,
De cristaux purs, et de vases ornée,
L'oignon hâtif, par des soins prévenans
Donne en hiver les bouquets du printems ;
On voit épars des saints, des petits anges,
De la musique, un missel, des fontanges,
Une volière où, s'aimant tous les jours,
Deux tourtereaux roucoulent leurs amours.
Tel est l'asile où, du monde éclipsée,
Entre le Christ et Satan balancée,
Cette recluse, en redoublant d'effort,
Va prier Dieu pour oublier Monfort.

Au directeur Parséïs est livrée,
Elle a failli, seulement par désir,
C'est un péché dont il faut convenir,

14

Si de l'enfer on veut être sauvée.
Et le début de la vocation,
Suivant la règle, est la confession ;
Mais je l'ai dit, le lévite exemplaire
Avec bonté remplit son ministère,
C'est un ami qui, loin de faire peur,
Toujours à Dieu sut ramener un cœur.

Tel fut le Christ, lorsque, plus pénitente,
La Madeleine, à ses pieds repentante,
Fit de ses torts les aveux ingénus,
Car il lui dit : *Allez, ne péchez plus.*

A son exemple, avec même indulgence,
Le bon abbé mène une conscience,
Appuyant peu sur les petits péchés,
Mais dépistant toujours les plus cachés ;
A leur vrai taux plaçant certains scrupules,
Que le bon sens doit trouver ridicules ;
C'est en un mot un pasteur très-instruit,
Ne trouvant point de brebis indocile,
Qui, pénétré du divin évangile,
Fait mieux encor que le prêcher, le suit.

Dans son couvent, Parséïs séquestrée,
Du directeur devient la Philotée ;
Elle renonce au monde pour jamais,

En ce séjour ayant trouvé la paix ,
Elle fait vœu d'y terminer sa vie.
Cette ferveur pourrait être affaiblie ,
Pour la nourrir, Parséïs ne lit plus,
Que des sermons , ne manque aucuns saluts ;
Soir et matin , reste à la conférence ,
Par le travail , le jeûne et l'abstinence ,
Désir mondain est bientôt étouffé ,
Même un beau jour on renonce au café.

Or, par hasard , près de la solitude
Où Parséïs veut mériter le ciel ;
Depuis long-tems , un jeune Damoisel
Sacrifiait ses loisirs à l'étude ;
Tranquille , heureux en ces rians déserts ,
Ami des arts , chérissant la campagne ,
Du Paraclet , les bois sombres , couverts ,
Au troubadour inspiraient de beaux vers.

6   Ce sire était le comte de Champagne ,
Un des aïeux du tendre troubadour,
Qui , dans Provins , soupira son amour,
Bien vainement, pour Blanche de Castille,
Languir, aimer, sans espoir de retour,
Etait , hélas ! le lot de la famille !
Dans son châtel , amant toujours épris ,
Thibaut pleurait une femme coquette ,

Qui le traita tout comme *Anaxarette*
Avait traité le malheureux *Iphis*.

Comme on était dans un des jours funèbres,
Où, pour office on chante les ténèbres,
Dans ce saint temple il entre pour prier;
On est exact quand on est chevalier.

Parmi les voix pures, mélancoliques,
Qui, d'Israël répétaient les cantiques,
Thibaut entend celle de Parséïs,
Qu'il avait vu quêter dans le parvis,
Elle l'émeut, il parcourt tout le temple,
Près de la grille, il s'arrête, il contemple
La chanoinesse, et se sent plus épris.
Dans son châtel il retourne au plus vite,
Et fait mander près de lui, tout de suite,
Son grand bailli, vieillard sage et prudent,
De ses chagrins unique confident.

« Mainfroi, dit-il, recherche dans mes titres,
» J'ai vu, jadis, assez légèrement,
» Quand il fallut repeindre à neuf mes litres [1],
» Sur tous les murs de ce prochain couvent,

C'etait par ce nom que l'on désignait les cartels d'armoiries que les Sei
gneurs suzerains faisaient peindre sur le portail et autour de l'enceinte des
églises où ils avaient leur sépulture.

» J'ai vu, je crois, par une clause expresse,
» Que j'ai le droit d'y nommer une abbesse?.. —
—» Certainement, Monseigneur, en deux cent..—
—» Occupons-nous du plus intéressant;
» Cours à cheval, escorté d'un Prud'homme,
» Signifier mon titre à ce moutier,
» Fais-toi, s'il faut, suivre par un huissier
» Dans le chapitre, et que son clerc le somme
» De reconnaître un droit, que j'ai l'espoir,
» Sous peu de tems, de faire bien valoir ; —
» Comptez, Seigneur, sur mon obéissance. »

Thibaut ravi de l'heureux incident,
Voit s'éloigner le discret confident;
Ivre d'amour, de joie et d'espérance,
Et bénissant, *in petto*, le destin,
Il prend un luth, compose une romance,
Rime assez mal, descend dans le jardin,
Baille encor plus, s'arme d'une arbalète,
Prend ses faucons, son plus habile chien,
Le gibier part, il tire et n'abat rien.

Vague désir tourmente aussi la tête
De Parséïs, on songe au chevalier,
Depuis le jour qu'il parut à la quête;
On a bien moins de ferveur pour prier,
Monfort n'est plus l'objet de sa pensée,

Du cœur enfin son image effacée
N'y laisse plus que mépris et froideur ;
Le tems guérit, c'est un consolateur.

Oui, Parséïs a connu le malheur,
Mais son destin peut être moins pénible,
Une retraite agréable et paisible,
Des plaisirs doux, les bois, les clairs ruisseaux ;
Les arts, surtout, les arts exempts d'allarmes,
Sur l'avenir peuvent semer des charmes ;
Elle est au port où l'attend le repos.
Elle n'a point l'ambition ardente,
Qui nous consume, intrigue, se tourmente,
Dans un chapitre, autant que dans les Cours ;
Mais sera-t-elle chanoinesse toujours ?

Joignons Mainfroi, porteur du fameux titre.
La digne abbesse assemble le chapitre,
A haute voix le vieux diplôme est lu,
Dans le couvent Thibaut sera reçu ;
C'est un seigneur vanté pour sa vertu,
Ce chevalier sera du monastère
Le protecteur et l'appui tutélaire,
Quand, par malheur, l'abbesse quittera,
A l'avenir c'est lui qui nommera,
Suivant le choix que l'on désignera.

L'abbesse alors ajoute : « Mes amies,
» A Fontevrault, demain, je vais passer,
» Le Roi m'y nomme, il faut me remplacer,
» Montrez-vous donc d'accord et bien unies,
» Pour désigner celle qui doit ici
» Me succéder au chapitre aujourd'hui ;
» Votre amitié m'y fit trouver des charmes !
» Gardez-la moi, quand je vais loin de vous,
» Ce sentiment pour mon cœur est si doux !

Sa voix faiblit, ses yeux versent des larmes,
De son beau col elle ôte, sans retour,
Cette croix d'or par l'orgueil désirée,
Et sort, laissant chaque belle énivrée
Du doux espoir de la porter un jour.

Vous connaissez cette active déesse
Qui va, vient, court et s'agite sans cesse,
Aux tribunaux, au théâtre, à la Cour,
Adroite, fière et basse tour à tour,
Avec de l'or achetant les services,
Même parfois aux dépens de l'honneur.
L'intrigue enfin, qui fait dans les coulisses
Tomber à plat ou réussir l'auteur ;
Elle peut tout, mène, régit la terre,
Vous la trouvez au fond d'un monastère
Comme au Harem du terrible Sultan,

De tout mortel, parvenir est le plan.

Pour cette croix que chacune désire,
Au Paraclet on intrigue, on conspire,
Quarante noms sur la liste placés
Sont, tour à tour, accueillis, effacés ;
Chaque aspirante exalte sa naissance,
Son nom célèbre et ses trente quartiers,
Faibles brevets, à peine appréciés,
Quand du cœur seul dépend la préférence.

A Monseigneur, en cette occasion,
Comme au monarque on donnera la liste,
Des noms choisis, et le Prud'homme insiste
Pour qu'on s'y rende en députation ;
Pour la former on soupçonne l'intrigue,
Un fort parti se concerte et se ligue ;
Il redoutait la belle Parséïs,
On l'élimine, enfin les vœux émis
Nomment *Zoé*, *Claire*, *Anna*, *Roselmis*,
Et cependant la belle Portugaise,
D'être du nombre, aurait été fort aise.

Un jour la belle, en fixant son miroir,
Se dit : « Hélas ! je suis jeune et jolie,
» Faudra-t-il donc passer ici ma vie ?
» Toujours porter ce lugubre habit noir,

» Et ce ruban, et ce saint en peinture !
» J'ai fui le monde et je veux le revoir ;
» J'en conviendrai, douce est notre clôture,
» Par-ci, par-là, chez d'aimables voisins,
» On peut trouver quelques plaisirs mondains,
» Mais on s'attache, et c'est ce que je crains... »
Et, cependant, malgré sa défiance,
A son voisin la chanoinesse pense,
Un peu la nuit, très-souvent dans le jour ;
Femme qui rêve est bien près de l'amour.

Dans le jardin la belle délaissée,
Va promener son langoureux ennui ;
Sire Thibaut en fait autant chez lui,
En attendant l'ambassade empressée ;
De se parer, bien fière de l'honneur
De haranguer cet aimable Seigneur.

Que la toilette avec art est soignée ;
Entre deux buscs la taille emprisonnée,
Devient plus mince, en serrant les corsets,
On casse au moins trois ou quatre lacets,
La colerette, avec calcul baissée,
Laisse mieux voir deux globes faits au tour,
Et dont la vue éveille la pensée ;
Comme il faut plaire et vaincre dans ce jour,
On se permet quoique en maison fort sainte,

De léger rouge une petite teinte.
Le directeur blâmera ce moyen !
Non, cher lecteur, car il en saura rien.

Au point du jour l'ambassade femelle
Est en chemin, le ciel, d'un bleu d'azur,
Semble annoncer que le jour sera pur ;
L'or de Phœbus sur sa voûte étincelle,
Oui, qui verrait ce quatuor charmant,
Loin de songer qu'il sort d'un vieux couvent,
Croirait plutôt, qu'abandonnant Cythère,
Avec Cypris ces recluses vont faire
Des vœux secrets, ou quelque station
Dans Amathonte, et que c'est Cupidon
Qui les conduit et porte la bannière.
Tout radieux, brillant de pourpre et d'or,
Thibaut reçoit l'aimable quatuor
Sur le perron ; son 'ivresse s'apaise,
Il cherche en vain la belle Portugaise ;
Il est piqué plus vivement encor,
Lorsque lisant la liste qu'on lui donne,
Il n'y voit point le nom de la personne,
Pour qui son cœur et ses droits sont d'accord.

Maître de lui pourtant, il dissimule,
Recriminer dans un pareil moment,
Serait trop gauche et même ridicule,

Amour novice est discret et prudent.

Pour reposer de l'ennui du voyage,
L'Amphitryon s'empresse de mener
Le groupe aimable au plus galant dîner,
Qu'on a servi dans un prochain bocage ;
Partout des fleurs, les fruits les plus exquis,
Dans une serre à Pomone ravis,
Plusieurs voisins, jeunes, courtois, affables,
Faisant des frais pour être plus aimables,
Sèment sur tout le trait et les bons mots,
Le rire éclate et frappe les échos.
Le rire !.. eh oui... vertus de chanoinesses,
En aucun tems ne furent trop tigresses.
Le dîner fait... au fond des bois... du bal,
Vingt luths d'accord ont donné le signal.

7 « Un bal ! diront les vieilles décrépites,
   » Un bal !... grands dieux !... ciel !... à des cé-
                                       nobites !...

Appaisez-vous, chacun sait qu'autrefois
Chez les chrétiens la danse eut de grands droits ;
David dansa devant l'arche avec grâce,
Et du désert les tristes pénitens,
Pour leur salut, dansaient de tems en tems ;
Allez à Rome, on voit encore la place

De cette église où dansa Saint-Pancrace,
Où le prélat, revêtu du rochet,
Dansait, tournait, chassait et déchassait,
N'écoutons pas les langues médisantes,
Laissons danser nos jeunes postulantes,
Malgré *Jérome* et *Thomas d'Akempis*,
Et retournons rejoindre Parséïs.

Dans sa cellule un cercle de doyennes
Vient déclamer, comme font les anciennes.
« Mais c'est affreux ! mon cher cœur, comme
                                          donc,
» Vous n'êtes pas de la députation ?
» Qu'une cabale, qu'une petite ligue,
» (Car ici bas, tout se fait par intrigue);
» N'admette pas des vieilles comme nous,
» On le conçoit, on sait bien qu'à nos âges
» On n'a plus droit aux faveurs, aux hommages
» On nous délaisse et l'on nous fuit,.. mais vou
» Ma chère belle.. ah ! que l'on vous oublie,
» Cette conduite est horrible ! impolie !
» Nous vengerons vos droits et vos appas,
» Soyez en sûre. — « Oh ne me vengez pas,
» Dit Parséïs; si je fus oubliée,
» Je suis bien lóin d'en être humiliée,
» Je trouve ici le but de mes desirs,
» Je fuis l'éclat, les honneurs, les plaisirs,

» Vivre pour Dieu, voilà ma seule étude,
» Mais, je le vois, en cette solitude,
» Les cœurs distraits sont, hélas! bien mondains!
» Et l'on y songe encor trop aux humains ; —
— » Vous dites vrai, répondent les professes
» Tout d'une voix. » Nous aurions grand besoin
Que, bien moins doux que toutes nos abbesses,
Un directeur, sévère, prit le soin
« De ramener parmi nous la réforme ; —
— » Oui, le seul vœu, dit l'austère d'*Ursel*,
» Qu'au fond du cœur, mais vainement, je forme,
» C'est d'obtenir bientôt de l'Éternel,
» Un protecteur, un père temporel,
» Un peu plus mûr que ce beau Damoisel !
» Convenez-en, lumières du chapitre,
» Tout comme moi n'avez-vous pas frémi,
» Quand au conseil on nous a lu ce titre
» Dont il prétend s'appuyer aujourd'hui ?
» Si vous saviez.. son bailli, son prud'homme, —
Eh bien ma sœur?.. Oh l'abominable homme !
» Il a jasé... Mathurin m'a redit... —
» Le jardinier ? — « Le drôle est bien instruit ;
» Le croiriez-vous, dans la sainte demeure,
» Sire Thibaut veut venir à toute heure !
» Et vous savez combien de nos statuts
» On se relâche, hélas ! on n'y voit plus,
» La pureté des règles primitives,

» Pour le plaisir nos compagnes très-vives,
» Ne songent plus qu'au luxe, aux vains atours;
» Bijoux, chiffons pénétrant par les tours,
» Ont remplacé bréviaires, disciplines,
» Nous sommes trois, tout au plus, aux matines;
» Non, à ce titre il ne faut pas céder. —
— » Eh, contre lui, ma sœur que peut-on faire?-
— » Je le sais bien, dit la dépositaire;
» Il faut plaider, plaider, toujours plaider,
» Après cent ans et plus, on nous oppose
» Un titre vain; on peut dans cette cause,
» Tirer parti de la prescription,
» Et l'opposer à la prétention. —
— » Nous plaiderons, crie en chœur le conclave,
» Que son grand âge a rendu presque brave,
» Nous soutiendrons ce procès délicat,
» Et Parséïs sera notre avocat. —
— » Mesdames, non, excusez-moi, de grâce, »
Dit Parséïs, abandonnant la place;
Mais le Quinqué bientôt sur ses talons
La suit de près, criant : « Nous plaiderons. »

Ainsi voilà dans le saint monastère
Deux forts partis prêts à livrer la guerre,
De Port-Royal c'est un échantillon,
Lequel des deux, amis, aura raison?

C'est le plus jeune en cette circonstance,

Il a pour lui la plus la plus sûre éloquence,
De fort beaux yeux d'abord, beaucoup d'esprit,
Avec cela sans peine l'on séduit.

Le lendemain, la querelle commence,
Thibaut se rend lui-même au Paraclet,
Où l'on reçoit le puissant personnage,
Suivant les us, l'étiquette d'usage,
Sous le portail, en ligne, on l'attendait.
On fait placer Monseigneur sur un siége,
De complimens la jeunesse l'assiége,
Vingt belles voix bien fraîches, bien d'accord,
Chantent en chœur le *Veni Creator*;
Puis l'on conduit Monseigneur au chapitre,
Où son bailli de nouveau lit le titre,
Dont il augmente un peu plus la teneur;
Comme un monarque, agit un grand seigneur,
De tous les tems on les a vus s'étendre
Et s'appuyer plus qu'ils ne doivent prendre.

Tel fut ce roi [1] qu'on surnomma le grand,
Qui, non content de la Poméranie,
D'avoir en plein happé la Silésie,
Bon gré, malgré, voulut absolument,
10 Pour s'arrondir prendre un moulin à vent.

[1] Frédéric II, Roi de Prusse.

Thibaut d'abord prétend nommer l'abbesse,
Même choisir la plus jeune professe,
Quand il voudra, de plus, pendant l'Avent
Et le Carême, entrer dans le couvent.
Dans le chapitre avoir toujours sa place;
Il veut enfin, et c'est le coup de grâce,
Nommer celui qui, des secrets du cœur
Doit être seul instruit : le confesseur.

Sur un tel Bill, les vieilles se récrient,
« Il est bien dur! » les plus jeunes en rient,
Il est pourtant le signal des débats,
Car sur ce Bill on ne cèdera pas;
Enfin l'article en ce moment est cause
Que, s'insurgeant, le sénat féminin
Comme en Pologne, en élevant la main
Au titre entier par un *Veto* s'oppose.

Sire Thibaut déployant la douceur,
Qui sait toujours bien mieux gagner le cœur,
Daigne accorder au grave consistoire
De s'expliquer et de faire un mémoire,
Avant d'avoir son recours à Thémis,
Pour avocat on nomme Parséïs.

C'était le vœu du seigneur débonnaire,
Qui, sans tarder, quitte le monastère;

Jusqu'à la porte on conduit Monseigneur,
Et sous un dais... c'est la marque d'honneur.

Et vite et tôt, un groupe de doyennes,
Le confesseur escorté des anciennes,
Vont s'emparer de Parséïs. Il faut
Qu'elle rédige un factum au plus tôt,
On court chercher dans la bibliothèque,
Chartres, bouquins, lettre de l'Archevêque,
Bulles du Pape ;.. on consulte, on écrit,
Le directeur fait des frais de science ;
L'âge bien mûr en fait d'expérience,
Et Parséïs de grâces et d'esprit.

L'adroit bailli du comte de Champagne,
Qui, pour gagner le châtel, l'accompagne,
De ce qu'il sait instruit le bon seigneur ;
Il s'est conduit comme un ambassadeur,
Dans le séjour qu'il fit au monastère ;
Il sut gagner une vieille tourière
Qui, pour de l'or, de ce qu'elle savait
Très-amplement mit le Mercure au fait ;
Thibaut apprend que la belle étrangère,
Avait aimé jadis un Damoisel
Qui fut pour elle aussi froid que cruel,
Que par dépit de sa mésaventure,
Et d'avoir vu ce Phaon [1] s'éloigner,

[1] Phaon aimé de Sapho, qu'il rebuta constamment.

15

Elle a voulu goûter de la clôture,
Mais que l'ennui commence à la gagner.

De ces détails, Thibaut heureux s'écrie;
» Dans ce couvent cette belle s'ennuie?
» On te l'a dit, eh bien, mon cher Mainfroi
» Bientôt sois sûr qu'elle viendra chez moi. —
— » Certainement, Monseigneur peut l'attendre,
» Si votre titre est cause d'un débat,
» A l'amiable il faudra bien s'entendre,
» Or, Parséïs ici viendra se rendre,
» Car le couvent l'a pris pour avocat.

Deux jours après, servant l'impatience,
Du saint chapitre, elle écrit poliment,
Pour demander à Thibaut audience
Et lui porter le factum foudroyant.

Pour émouvoir son adverse partie,
Dans un boudoir, jadis, bien plus galant,
Les attributs de la mélancolie,
Sont par Thibaut disposés prudemment;
C'est la sensible et touchante *Artemise*,
Mouillant de pleurs un antique tombeau;
Leucothoé, la plaintive *Sapho*,
Didon, qu'en vain veut consoler *Élise*;
Plus loin, on voit les bustes révérés

De tous ces preux, en amour si fidèles !
Toujours luttant, combattant pour leurs belles,
Chéris présens, même absens adorés,
Quoiqu'on reçut fort peu de leurs nouvelles.

Avec respect, conduite par Mainfroi,
Dans le boudoir arrive l'avocate;
L'attention, la grâce délicate
Du suzerain, dissipent son effroi.

Légèrement on parlera du titre,
Belle qui vient chez un galant français,
Pour y parler de débats, de procès,
Finit toujours par devenir arbitre,
Par prononcer, même en dernier ressort;
Eut-on raison? on convient qu'on a tort.
Or Parséïs met son factum en poche.
Par un amant secret qui les rapproche,
Les deux partis loin de vouloir plaider,
Semblent déjà prêts à s'accommoder.

Pour discuter les faits plus à son aise,
Car on étouffe en ce beau cabinet,
Thibaut conduit la belle Portugaise
Dans un jardin digne du Paraclet.

Sous des berceaux de lilas, d'églantine,

Et qu'embaumait l'odorante aubépine,
Sans dire mot, se tenant par la main,
Déjà le couple a fait bien du chemin.
Les doux rayons de l'astre qui féconde,
Animaient tout dans ce riant séjour;
En avançant, l'obscurité profonde,
Laissait percer à peine un demi jour;
De noirs cyprès, cette enceinte remplie,
Y portait l'âme à la mélancolie;
Sur une tombe, enfin, l'amour en pleurs,
Foulait aux pieds deux couronnes de fleurs.

Sur le tombeau portant d'abord la vue,
La Portugaise est vivement émue,
Elle s'écrie : « O ciel ! bon chevalier,
» Est-ce une épouse ou votre sœur chérie,
» Que sous ce marbre, — « hélas ! c'est une amie,
» Qu'en vous voyant, je suis prêt d'oublier; —
— » Quand on aima, se peut-il qu'on oublie !
» Dit Parséïs, — « j'aimerais pour la vie,
» Répond Thibaut qu'on semble injurier;
» Si de retour je m'étais vu payer,
» Mais, sans espoir, j'aimai l'indifférente,
» Qui se faisant un jeu de mon amour,
» Et se moquant de ma flamme constante,
» Me préféra le plus vil troubadour;
» Long-tems j'ai cru me venger par la haine,

» Mais pour haïr j'ai fait un vain effort, —
» Oui, je le crois! » dit celle que ramène
Ce mot si vrai vers son ami Monfort,
Et ses beaux yeux se remplissent de larmes,
Qui, pour Thibaut doublent encor de charmes.

    » Quoi, reprit-il, sensible à mes douleurs
» Pleureriez-vous sur moi, sur mes malheurs?
» Par l'intérêt souvent l'amour commence, —
— » De l'intérêt!.. vous devez l'inspirer,
» Entre nous deux, grande est la ressemblance!
» Pleurant sur vous, ah! sur moi c'est pleurer!
» J'aimai long-tems, j'aimai sans espérance;
— » O Parséïs! à de trop vains soupirs
» Cessons tous deux de livrer notre vie,
» Sans vous, Thibaut, à la mélancolie,
» Aurait donné la saison des plaisirs,
» Et vous, de même, entrant dans le bel âge,
» Et commençant à peine le voyage,
» Dans les regrets passerez-vous les jours?
» Ceux du bonheur ici bas sont si courts!
» Fier d'un beau nom, plus que de ma richesse
» Acceptez-les, devenez-en maîtresse,
» Un mot de vous, d'un séjour de regrets,
» Va faire un temple, y ramener la paix;
» Ces vains débats dont vous deviendrez juge,
» Je l'avouerai n'étaient qu'un subterfuge,

» Et que m'importe à moi ce Paraclet !
» Il m'était cher quand il vous possédait,
» Renoncez-y,... dès ce jour, et je laisse
» Vos chastes sœurs se nommer une abbesse,
» Un confesseur... mon droit est résigné
» Et ce procès par vous sera gagné..»

Vous concevez qu'offres de cette espèce,
Garans sacrés de la délicatesse,
Doivent séduire, et que si l'on répond,
C'est par un *oui*, plutôt que par un *non*,
En rougissant Parséïs les accepte,
De l'évangile elle sait le précepte,
Ne dit-il pas depuis long-tems à tous,
« *Chrétiens, aimez le prochain comme vous.* »

Il est suivi par notre chanoinesse,
A cet hymen sans peine elle consent,
Un doux baiser scelle l'arrangement ;
Thibaut jouit, et la belle s'empresse
De rapporter la nouvelle au couvent.

On l'attendait avec impatience,
Son air riant donne de l'espérance,
Et persuade enfin à chaque sœur,
Qu'elle pourra garder son confesseur.

On fait soudain assembler le chapitre,
Et Parséïs l'instruit de son succès,
Plus de frayeurs, de débats, de procès,
Sire Thibaut ne tient plus à son titre,
Dont Parséïs fait un auto-da-fé,
Sur le réchaud bien amplement chauffé;
Il ne viendra dans le saint monastère,
Qu'une fois l'an, pour faire sa prière,
Et, dans un banc, qu'on placera si bien,
Que, dans le chœur, il ne distingue rien.
Puis à nommer une abbesse il renonce,
Et ce sera le chapitre ou le Nonce;
On gardera le confesseur chéri,
Lors à ce mot, de joie, on pousse un cri.
« Voilà, mes sœurs, dit la médiatrice,
» Le résultat de ma commission,
» Du Paraclet vive la bienfaitrice! »
Est la réponse en cette occasion.
Même on agite alors la question,
De la nommer abbesse tout de suite,
On doit ce titre à son rare mérite;
Elle refuse, elle en dit le motif,
On se regarde, on chuchote, on s'étonne,
Du parti pris par la jeune personne,
Le dénouement semble un peu brusque et vif.

Sire Thibaut, en amant très-actif,

Le lendemain, sur sa belle haquenée,
Court fièrement chercher au Paraclet
Sa jeune épouse. Ardemment il pressait
Le jour qui va fixer sa destinée,
On lui pardonne en ce pieux logis
L'enlèvement de la pudique *Hélène*.
Et même on voit que, de plus d'une ancienne,
Le tendre cœur voudrait un tel *Pâris*.

Pour prolonger cet heureux jour de fête,
Dans son châtel d'avance, tout s'apprête;
En qualité de seigneur suzerain,
Sire Thibaut doit donner un festin,
Et convoquer chez lui sa cour plénière,
Tous les vassaux qui suivent sa bannière,
Amis, voisins, tout le monde y sera;
Du Paraclet les belles chanoinesses,
Assisteront à la messe, au gala;
Tous les billets destinés pour cela,
D'avance écrits, iront à leurs adresses,
Un écuyer partout les portera.

Enfin la nuit a replié ses voiles,
Phœbus parait, il fait fuir les étoiles;
Et le grand *oui* prononcé sans retour,
Donne à l'hymen tous les droits de l'amour;
Le banquet s'ouvre en la plus belle salle,

Où le parfum des plus brillantes fleurs
Répand au loin les plus douces vapeurs.
Sur un plat d'or le fameux paon [1] étale,
Suivant les us, ses brillantes couleurs.
Thibaut conduit sa superbe épousée,
Brillante d'or, du feu des diamans,
Sur ses habits l'Inde s'est épuisée
Pour réunir les plus rares présens ;
Des chevaliers jeunes, courtois, galans,
Donnent la main aux belles desservantes ;
Du Paraclet, en robes ondroyantes,
Le front paré de roses et de lys ,
Qui se mêlait à l'éclat des rubis.

Un tel banquet, très-gaîment se prolonge,
Dans un châtel, les rondes, les tensons,
Les virelais, les concerts, les chansons,
Le poussent tard, l'époux à la nuit songe,
Il trouve, seul, tous les plaisirs bien longs.

Mais le jour fuit, trente luths en cadence,
Donnent partout le signal de la danse,
Et le hautbois au loin frappe l'écho ;

---

[1] Il était d'usage que les grands seigneurs servissent un paon sur la table,
à toutes les grandes cérémonies, de mariage, de convocation de Cour plénière, ou de réception de chevaliers.

Du Paraclet, les vierges débonnaires,
Semblent alors par leurs danses légères,
11 Renouveler les filles de *Silo*,
De *Gelboé*, de *Maspha*, de *Mello*.
De tous côtés, Momus et la Folie
Portent la joie, appellent le plaisir,
La plus sévère en ce moment s'oublie;
En voltigeant, ces dieux font retentir
Et les grelots et les tambours de basque,
Et, pour la nuit, ils s'empressent d'offrir
Les dominos et le commode masque.

Heureux moment, bien propice aux amours!
Pour s'expliquer, souvent il se déguise,
Chaque beauté prend un masque à sa guise,
Change sa voix, qu'on reconnaît toujours;
Aux mois d'été les nuits sont si paisibles!
On en profite, on court dans les bosquets,
Les chevaliers aux belles invisibles,
En apprendront tous les détours secrets,
Si l'on se perd, on se retrouve après.

L'heureux Thibaut reste auprès de sa mie,
Mais en amant tendre et respectueux,
Il lui suffit d'admirer ses beaux yeux,
De répéter : « Aimons-nous pour la vie; »
Il pourrait bien, fier d'user de ses droits,

Solliciter quelque petite avance,
Il n'en fait rien,.. amour et patience
Etaient le lot des amans d'autrefois.

Au jour naissant les belles chanoinesses
Avec chagrin gagnent le Paraclet,
En emportant des aveux, des promesses,
Aux bals masqués, amplement on en fait,
On jure amour, fidélité, constance,
Avec le jour ce délire est détruit.
Que de liens, dans mon adolescence,
J'ai pris au bal ! je rougis, quand je pense
Qu'ils n'ont duré, tout au plus,.. qu'une nuit.

FIN DU ONZIÈME CHANT !

Chant Douxième.

ARGUMENT.

Algonde à la tête de son armée attend Clodoër ; elle est entourée d'un escadron de femmes de sa Cour qui ont voulu suivre sa bannière ; on livre la bataille, Algonde à la tête de ses
soldats combat en personne ; un chevalier revêtu d'une armure
noire s'attache à la défendre ; combat à outrance de Clodoër et
du chevalier aux armes noires ; Clodoër est tué ; un des chefs
des Normands, Rudnal , enlève Algonde et la fait prisonnière ;
toutes les femmes de sa Cour volent pour la défendre ; ruse
qu'elles emploient ; elles feignent de prendre la fuite et sont
poursuivies par les Scandinaves, qui les prennent prisonnières,
les enchaînent et sont sur le point de les emmener, quand un
escadron de chevaliers accourt et les délivre ; Algonde est ar-
rachée des bras de Rudnal par le chevalier noir, qui la remet
entre les mains d'Hernold et disparait ; la victoire se déclare
pour les Flamands ; retour d'Algonde à Lille ; fêtes ; tournois où
plusieurs souverains joutent pour obtenir sa main ; le chevalier
noir reparait ; il défait tous les tenans, épouse Algonde et se
fait connaître ; fêtes générales , conclusion du poème.

Du Paraclet je quitte les murailles,
Un ton plus fier sied au dieu des batailles,
Il me faudrait la trompette de Mars,

Ou de Lucain, ou la lyre d'Homère,
Suivre Bellone est un peu téméraire!
Moi de Thémis, suppôt très-débonnaire,
Moi, qui n'ai vu flotter des étendards
Qu'aux sections,.. parfois aux boulevards
Où, Nicolet, vengeur d'une héroïne,
Mit la pucelle en grande pantomine!

Je vous implore, auteurs, qu'en mon printems
Je traduisais, *Xénophon*, *Thuncidides*,
César, *Salluste*, allons, soyez mes guides,
Venez m'aider et soutenir mes chants.

Embrasez-moi, vous que mon œil contemple
Avec orgueil, et qui parez un temple [1],
Drapeaux [2] français pris à Rosbach jadis,
Et que plus tard, nous avons reconquis.

La fière Algonde a conduit son armée
Dans un beau champ, non loin des murs d'Arras,
Elle attend là, sans en être alarmée,
Que Clodoër, animant ses soldats,
Vienne livrer les plus rudes combats.

A ses côtés, un groupe d'Amazônes
Le casque en tête et la pique à la main,

[1] Dans l'église des Invalides.
[2] L'auteur parle des drapeaux perdus en 1757 à la bataille de Rosbach et qui ont été repris à Berlin par l'armée française en 1800.

Ont fait serment de suivre son destin,
Et de placer sur son front deux couronnes.

Aux cris lointains qui frappent les échos,
On reconnaît les Teutons et les Goths,
Le Marcoman, le Sarmate plus brave,
Et le Borusse [1], enfin le Scandinave
Dont la bravoure est la seule vertu,
Buvant le sang de l'ennemi vaincu.

De ces brigands venus du bout du monde,
Loin que les cris épouvantent Algonde,
Elle animait, nouvelle *Talestris*,
Son général, toujours heureux jadis ;
En vain Hernold, fort de l'expérience,
Calme et retient sa vive impatience ;
Sans écouter ses trop prudens avis,
Hors de sa tente elle se précipite,
Prend un drapeau, l'élève en l'air, l'agite,
Comme Pallas,.. crie aux soldats ravis,
« Marchons amis, courons chercher la gloire,
» Répétez tous, *Algonde et la victoire.* »

Vers l'ennemi, fantassins, escadrons,
Lillois, Morins, Flamands et Brabançons,

---

[1] Borusse aujourd'hui Prussien.

En un instant s'élancent dans la plaine. .
Casque baissé, près de la souveraine,
Un paladin se faisait remarquer
Par son armure et son écharpe noire;
Paraissait-il, aussitôt la victoire
En sa faveur semble se décider;
Ce chevalier que nul danger n'étonne,
Sans écuyer, payant de sa personne,
Dans tous les rangs court et porte la mort,
Est-ce un Hercule? il frappe encor plus fort.

Avec ardeur, avec la même rage
Des deux côtés un long combat s'engage,
Algonde presse, enflamme ses guerriers;
Et ces beautés, dans leurs châteaux timides,
En ce moment, terribles, intrépides,
Ont la valeur des plus fiers chevaliers.

Humilié de voir ce sexe aimable,
Dans les combats se montrer redoutable,
Et déblayer les froids Artésiens,
Ainsi qu'Ajax déblaya les Troyens,
Le roi d'Artois, rugissant de colère,
Jure la mort de leur chef téméraire,
Couvert de sang, il crie à ses soldats :..
« Point de quartier, amis, ne souffrez pas
» Qu'on nous résiste, enlevez-moi ces dames,

» Et dans Arras vous les prendrez pour femmes. »

A ce discours, l'escadron féminin,
Rosse encor plus les soldats du vilain.

Par une ruse alors qui le seconde,
Le roi d'Artois sait attirer Algonde
Dans un ravin que bordent des forêts;
Chevalier noir, tu la suivras de près,
Autour de lui les piques sont dressées,
Vous eussiez vu les lances hérissées,
Sur son écu tomber avec grand bruit.

Mais l'inconnu n'en est que plus terrible,
Il frappe, occit, fait un carnage horrible,
Lodbrok a peur, il lâche pied, il fuit;
Sur les Flamands il veut venger sa honte,
Un trait rapide atteint son destrier,
Abandonné des siens, sans écuyer,
Sur le cheval d'un Sarmate il remonte,
Et vers Hernold qui se croyait vainqueur,
Le Marcoman s'élance avec fureur.

Hernold alors déploie une bannière,
C'était encor celle que les Romains
Avaient tenté d'enlever aux Morins,
Lorsque César chez eux porta la guerre;

Braves Morins, on connait vos exploits,
Restes fameux des superbes Gaulois,
Vous en avez conservé le courage,
Vous préférez la mort à l'esclavage !

Cet étendard ranime leur valeur,
Il fut toujours le garant du bonheur;
Sa vue anime, elle embrase, elle enflamme,
Comme autrefois ce fameux oriflamme
Qui, vers Soissons, vit triompher Clovis;
Qu'on a brûlé, mais que les ennemis
Sur les Français en aucun tems n'ont pris,

Jamais, jamais, dans les champs de Pharsale
Ou de Zama, sur les bords Phrygiens,
Carthaginois, Romains, Grecs et Troyens,
Ne firent voir une valeur égale;
On se défie, on se bat corps à corps,
Les plus petits s'attachent aux plus forts;
En flots pressés le sang partout ruisselle,
Et la fureur n'en est que plus cruelle;
Dans cette armée on n'entend retentir
Qu'un même cri :.. *la victoire ou mourir !*
On voit tomber des légions entières,
La peur saisit ces Normands téméraires,
Ils lâchent pied, jetant leurs étendards,
Semant partout et leurs arcs et leurs dards;

16

Des Huns, des Goths, la horde est accablé
Et d'Albion [1] les clans présomptueux,
Battus, défaits, se trouvent trop heureux
D'avoir pour fuir des coursiers vigoureux.

Clodoër, seul, au fort de la mêlée,
Soutient le choc ; ce perfide vassal
Formait encor des rêves illusoires,
Quand l'inconnu, ce brave aux armes noires,
Crie avec force : « Approche, déloyal,
» Je t'attends, viens, reconnais ton rival,
» Suis mon exemple et descends de cheval. »

Le roi d'Artois accepte la partie ;
Bientôt hélas ! il finira sa vie.
Du premier coup à terre il est couché,
Il lutte encor et vainement il jure ;
De cent débris de son haubert haché,
Le vert gazon à l'instant est jonché ;
Son corps n'est plus qu'une large blessure,
Ne portant plus que des coups inégaux ;
Son sang bouillonne, il s'échappe à grands flots ;
Pâle, mourant, à peine s'il peut dire :...
« N'espère pas Algonde et son empire

---

[1] Dignité militaire chez les anciens habitans des Schetlands au nord de l'Ecosse et dans l'ancienne]Grande-Bretagne.

» Sous le poignard de Rudnal. — Il expire..
— » Elle vivra!.. Ce Vandale bientôt
» Va te rejoindre... » Et le preux aussitôt
Court vers Rudnal; un escadron le coupe,
A coups pressés il fond sur cette troupe
Et la défait. Tous les soldats occis
Et pourfendus, succombent par centaine,
Comme en été, nous voyons les épis
Qu'un moissonneur fait tomber dans la plaine.

Rudnal, instruit du sort de Clodoër,
A travers champ file comme l'éclair,
En emmenant Algonde prisonnière;
Mais l'inconnu rejoint le téméraire,
Il est suivi de vingt jeunes beautés:
« Nous sauverons cette chère captive; »
Tels sont leurs vœux et leurs cris répétés;
« Ou que de nous aucune ne survive. »

Toi, qui peignis les travaux et les mœurs,
D'un peuple ailé, connu par ses merveilles;
Virgile, ô toi, dont les vers enchanteurs
M'ont fait chérir encor plus les abeilles,
Que tu m'émeus, lorsque tu nous dépeins
Dans leurs combats, ces belliqueux essaims;
Qui, rassemblés à l'entour de leur reine;
Pour la sauver, redoublant leurs efforts,

Dans le danger la couvrent de leurs corps !

Contre Rudnal, seul objet de sa haine,
Le chevalier s'élance avec fureur;
Mais du succès aura-t-il seul la gloire?
Non, la beauté secondant sa valeur,
Veut partager sa brillante victoire.

Au son du cor du terrible Rudnal,
Qui, du danger est pour eux le signal,
De tous côtés fondent les Scandinaves
Bardés de fer, ainsi que les Pictaves;
A ces brigands, qui pourra résister?
Ne pouvant vaincre, il faudra les tenter.

Sexe charmant! ton dévouement sublime
Saura ravir la superbe victime
Au dur Normand qui s'applaudit déjà.
Admirez tous ce que fait *Roselma*:
Jetant au loin le casque qui la couvre,
A ces brigands l'imprudente découvre
Des traits charmans; les belles à l'instant,
Pour éblouir les Goths, en font autant;
Puis au galop elles prennent la fuite,
Sûres, qu'émus de leurs divins appas,
Ces fils de Thor, bientôt à leur poursuite,
Vont s'élancer; ils n'y résistent pas,

Tous en effet galopent sur leurs pas.

Ainsi jadis, les compagnes d'Armide,
Par les conseils du prudent Hidraot,
Surent charmer cette élite intrépide
De chevaliers, que commandait Renaud.

Rudnal n'a plus qu'un guerrier à combattre,
Mais ce guerrier vaut seul un escadron,
Et sa valeur suffira pour abattre
Le fils d'Odin; malgré le bataillon,
D'un coup du hache il lui brise le front.
Le Damoisel des mains de ce barbare,
Enlève Algonde, et, soudain la remet
Au sage Hernold, soupire et disparait:
Pour un vainqueur, la conduite est bizarre.

Mais que devient ce sexe intéressant
Qui, pour sauver sa belle souveraine,
Se dévouait à la rage inhumaine
D'un ennemi plus âpre que galant;
Connaîtra-t-il pour lui la pitié tendre?
Doux sentimens que le guerrier vainqueur
Trouva toujours dans le fond de son cœur,
Pour l'ennemi qui ne peut se défendre.

Non, ces Normands soumis à leur dieu Thor,

De ces beautés jurent déjà la mort ;
Si dans leurs mains le sort veut qu'elles tombent,
Sous le poignard il faut qu'elles succombent,
Dans Odinssée on les emmènera,
Au loup *Fenris* [1] on les immolera.

Rassurez-vous, ces belles généreuses,
De leurs efforts goûteront le succès ;
Pour défenseurs elles ont des Français,
Vous le savez, leurs armes sont heureuses.

Dieu ! quel moment pour tous ces Amadis,
Lorsque de loin, ils entendent les cris
De ces beautés, que les brigands entraînent,
Et qu'à leurs chars ces barbares enchaînent !
Ces fers honteux bientôt seront brisés ;
Par la fatigue abattus, épuisés,
Ces nobles preux en ce moment oublient
Tous leurs dangers, s'unissent, se rallient,
Et se prêtant des mutuels secours,
Dans tous leurs rangs se mêlent, se confondent ;
Sur les Normands à coups pressés ils fondent,
Tels qu'en nos champs s'élancent les vautours ;
Sur les oiseaux consacrés aux amours.

[1] Divinité des Scandinaves, comme le bœuf Apis était celle des Égyptiens.

Pour les Français se fixe la victoire,
Algonde en paix va jouir de sa gloire,
Et ce grand jour lui soumet à la fois
Le Cambrésis, le Hainaut et l'Artois.

Mais que devient ce héros invincible,
Qui sort vainqueur de la lutte terrible ;
Qui seul, fit plus que tous les chevaliers,
Que les Flamands, Hernold et ses guerriers ;
Il a sauvé la comtesse de Flandre,
Elle lui doit bien plus que des lauriers,
Au plus haut prix ce brave doit prétendre,
Mais viendra-t-il le réclamer ?. Je crois,
Si, dans Arras on proclame un tournois,
Que pour jouter, il pourra bien s'y rendre.

Algonde envoie à sa Cour un héraut
Pour annoncer sa brillante victoire,
On la verra dans Arras, et bientôt ;
Tous ses sujets, vous devez bien le croire,
Disposent tout pour cet heureux retour,
Dont on voudrait pouvoir hâter le jour.

Algonde arrive, on vole à sa rencontre :
Sur un beau char, pavoisé de drapeaux
Qu'elle a couquis, de lances en faisceaux,
Le casque en tête, au peuple elle se montre.

Cette parure ajoute à ses appas;
On croirait voir *Zénobie* ou *Pallas*,
Et le concours dont elle est entourée
Donne encor plus d'éclat à cette entrée :
Mille beautés sur de lestes coursiers
Sont en avant; leurs galans chevaliers
Cédent le pas à ces jeunes Bellones,
Qui rappelaient ces fières Amazones,
Faisant la guerre aux bords du *Thermodon*,
Mais de leurs cœurs n'ayant jamais fait don.

Ravis de voir leur digne souveraine,
Jeunes, vieillards, les femmes, les enfans,
Autour du char ne formant qu'une chaîne,
Donnent l'essor aux plus doux sentimens;
De vingt pays la foule accourt, abonde,
Tous à l'envi vont criant :.. *Vive Algonde*!
Cri bien flatteur et plus apprécié
A pareil jour, lorsqu'il n'est pas payé.

Lille respire, on a fini la guerre,
C'est le moment où d'autres intéréts
Vont occuper Algonde et ses sujets,
Tout le conseil croit prudent, nécessaire
De décider l'hymen qui, tant de fois
Fut retardé; mais qui peut y prétendre ?

Cette beauté qui défendit la Flandre,

Pour l'épouser doit désigner des rois,
Et sur l'un d'eux prononcera son choix.

Le sage Hernold écoutant la prudence,
Ouvre un avis qui sied à la vaillance,
C'est d'annoncer à la Cour un tournois;
Ce guerrier veut, dans cette circonstance,
Qu'en ce tournois, la valeur, non les rangs,
Serve de titre aux divers prétendans;
C'est la valeur qui soutient un empire,
Et le relève au moment qu'il expire.
Cet avis sage au conseil a passé,
Ce grand tournois, si long-tems proposé,
Aura donc lieu, le jour en est fixé,
Trente hérauts, munis de leurs diplômes,
Pour l'annoncer, parcourent les royaumes.

Bientôt dans Lille on voit se réunir
Les rois voisins, fiers de cette alliance,
Des chevaliers à ces rois vont s'unir;
Puisque l'on doit accueillir la vaillance,
Pour cette lutte ils ont droit de s'offrir.
Je me souviens d'avoir lu dans Voltaire,
« *Le premier roi fut un soldat heureux.* »
Ce qu'il a dit, tout chevalier l'espère,
De grands exploits valent bien des ayeux.

Juge du camp, placé sur une estrade

Brillante d'or; suivant les rangs, le grade,
Hernold reçoit les divers prétendans
Et les embrasse, usage du vieux tems.
Sur des poteaux placés hors des barrières,
Les écuyers suspendent leurs bannières,
Et leurs écus par les glaives percés,
Mais qu'on révère alors qu'ils sont brisés.

Là, se trouvaient le roi d'Occitanie,
Le souverain de l'antique Neustrie,
Et *Morgaris*, roi des vastes états,
Que le soleil ne quitte presque pas;
Le dur Othon qui règne en Allemagne,
Le souverain de la Grande Bretagne,
Qui prétendait être inscrit le premier;
Enfin ces preux, célèbres dans le monde,
Tous surnommés preux de la table ronde.

Le moins brillant est certain chevalier
Qui, dans l'enceinte, entre sans écuyer;
Son cheval noir et sa lance d'ébène,
Sa sombre écharpe et son casque bronzé,
Qui, sur son front est constamment baissé,
Rien n'annonçait le futur d'une Reine;
Or, vous jugez les discours, les propos;
Alors qu'on lit sur son écu, ces mots
En traits d'argent: « *L'hymen et la victoire!* »

Les chevaliers entr'eux disent tout bas :
« Cet inconnu veut nous en faire accroire,
» Au premier choc nous le verrons à bas. »

Le Sénéchal entre enfin dans la lice,
Portant l'écu sur lequel sont inscrits
Les divers noms des prétendans admis,
On sonne un ban pour qu'on se réunisse.

D'abord les rois et les princes de leur sang,
Prennent encor de droit les premiers rangs,
Ils sont suivis de toute la noblesse ;
Seul dans un coin, notre chevalier noir
Va se placer, n'osant se faire voir,
Comme l'auteur dont on joue une pièce,
Près d'un châssis gardant l'incognito,
Mourant de peur au lever du rideau.

Malgré son air et son costume triste,
Ce chevalier est pourtant sur la liste ;
Comme l'amant d'Urgèle il a souffert.

Dans son palais la comtesse de Flandre
Fait sa toilette, et voit en soupirant,
L'attention qu'Iselle paraît prendre
A la parer encor plus brillamment ;
Les diamans, l'or, la magnificence,

La flattent peu; d'un amant rebuté',
Plus que jamais elle pleure l'absence
Et dans sa longue et pénible souffrance,
Maudit l'arrêt que son cœur a dicté;
A ce tournois pourtant il faut paraître.
Dieu! quel effort! couronner de sa main
L'heureux vainqueur qui deviendra son maître,
Et du Flamand sera le souverain!
Le peuple attend, la trompette l'anime,
Algonde en pleurs quitte enfin son palais,
Et sur un trône élevé tout exprès,
Elle est offerte aux yeux de ses sujets,
Comme à l'autel on montre la victime.

Au fond d'un casque, Hernold vient de jeter
Les noms des preux réunis pour jouter;
Un jeune enfant, par son ordre les tire,
On va connaître enfin le chevalier,
Qui, dans la lice, entrera le premier;
Hernold proclame à voix haute *Ramire*,
Que, dans Madrid, tout le beau sexe admire;
Sire Robert est nommé le second,
Chacun se dit : quel est ce champion?

Alors baissant encor plus sa visière,
Sire Robert entre dans la carrière,
A l'Eternel il offre sa prière;

2 Près de combattre, un paladin, toujours,
Du Ciel propice implorait le secours.
On crie... Allez !..[1] Ramire se présente,
Le grenadin monte un très-beau cheval ;
La housse d'or, de rubis rayonnante,
Couvre les flancs du superbe animal ;
Du premier choc l'inconnu désarçonne
Le cavalier qui tombe à bas fort sot ;
Sur son cheval il remonte aussitôt,
Pique et s'enfuit sans rien dire à personne.

Soudain paraît le chef qui, sous sa loi,
Tient des Semnons[2] l'antique et vaste empire ;
A son air lourd, le peuple semble dire :
« *Tu veux jouter, ah! trop imprudent roi,*
» *Ce chevalier sera plus fort que toi.*
Ce qui fut vrai, plus d'un héros du Tage,
Pressent Robert sans le moindre succès,
Le preux en deuil a toujours l'avantage.

Piquant des deux, l'arrogant prince anglais
A beau crier... *dog french...* le pauvre diable
Et son coursier sont jetés sur le sable.

[1] C'était le signal que les juges du camp donnaient aux Hérauts d'armes pour ouvrir la Lice.

[2] Les Semnons, grand peuple sur la rive gauche de l'Elbe, haute et basse Saxe.

Il se relève... « Ah ! *godd*... c'est un français! »
Et sans tarder il regagne Calais.

C'est Morgaris, ce chef altier du Maure,
Ce descendant du terrible Annibal,
Qui luttera le plus contre un rival;
De l'Africain pourtant on doute encore.

Dieu ! quel combat! ce n'est point à cheval
Qu'ils vont lutter, c'est à pied, dans l'arène;
Là, chacun d'eux déployant sa valeur,
Veut attirer les regards de la reine,
Qui ne se livre, hélas! qu'à sa douleur.

Le Morgaris, de Robert, qui le presse,
Pare les coups, riposte avec adresse;
Son cimeterre, avec art opposé,
Du moindre jour défend qu'il ne profite;
Le spectateur par ses cris les excite
Et plaint Robert qui parait épuisé.
« *Chevalier noir, c'est ton heure dernière !.* »
N'en croyez rien, non, Robert, sous le sein,
D'un coup terrible a frappé l'africain;
Le maure occis, tombe sur la poussière;
Bref, l'inconnu défait tous les tenans,
Qui, du champ clos sortent fort mécontens.
A sa valeur les dames applaudissent,

Les courtisans sont enchantés de lui,
Les calembourgs, les bons mots s'affaiblissent,
Il est vainqueur, chacun est son ami.

Le brave Hernold le mène au pied du trône;
Le vœu public est pour qu'on le couronne,
Algonde attend l'arrêt avec effroi,
Soupire et dit : « *Monfort, si c'était toi!..*

A l'inconnu pourtant elle présente
Sa belle main, que le chevalier noir
Porte avec feu sur sa lèvre brûlante,
Sans dire mot et sans se faire voir;
Sa douce mie, et pâle et chancelante,
Descend du trône en s'écriant... Hélas!..
Vers le palais elle porte ses pas,
Parmi les flots d'une foule bruyante,
Qui la bénit et qu'elle n'entend pas.

Enfin ce jour fixe sa destinée,
Ce grand tournois a décidé l'hymen
Qu'elle craignait, à l'autel entraînée;
L'heureux vainqueur d'Algonde obtient sa main,
Et de la Flandre est nommé souverain.

On peut juger de la mélancolie
De cette noce, un grand banquet de Cour ·.

Où chacun bâille, avec respect s'ennuie,
Malgré les frais que coûte un pareil jour;
Puis un mari, d'une humeur singulière,
Qui, s'obstinant à ne pas se montrer,
Semble, abaissant encor plus sa visière,
Embarrassé de sa laideur amère,
Qu'à son air gauche, on peut se figurer;
Dans la douleur la comtesse absorbée,
Pleure, gémit, repousse son époux.
Loin de lui dire, à mes yeux montrez-vous,
On croit la dame, entre nous, mal tombée;
L'incognito que garde le vainqueur,
Ne prévient pas du tout en sa faveur,
Et plus d'un grand espère qu'un tel maître
Sera bientôt ce qu'un mari peut être.

Ah que ce jour semble long à Monfort!
C'est lui! lecteur, il faut que je le dise,
Que cette armure à tous les yeux déguise;
Que pour se taire il a besoin d'effort!
Comme il maudit cette longue journée;
Qu'il jouirait de la voir terminée!
Mais un moment va bien changer son sort.

Le bal languit, les lumières finissent
Et les archets sur les luths s'affaiblissent,
Le danseur file et l'orchestre s'endort,

De ce salon la comtesse enfin sort,
Robert la suit, car sa victoire est sûre.

Brûlant d'amour, palpitant de désir,
L'heureux époux sent qu'il fait trop souffrir,
Et qu'il est temps de montrer sa figure ;
Son casque tombe et roule sous ses pieds.
On imagine aisément la surprise   .
Et les transports... Que de maux oubliés !

« C'est toi, Monfort.. après semblable crise! »
Sont les seuls mots qu'on puisse prononcer.
La voix s'éteint et meurt sous un baiser,
L'amour est là qui tient une couronne,
Un lit superbe alors devient le trône,
Où renaîtront le plaisir, le bonheur;
Monfort rappelle un seul instant d'erreur,
En l'embrassant, Algonde lui pardonne.

Le lendemain, vers le milieu du jour,
Monfort paraît au milieu de sa Cour;
Un riche habit a remplacé l'armure,
Léger panache éclatant de blancheur,
N'ombrage plus cette aimable figure,
Comme ce casque, emblème de douleur,
Qui provoquait le rire et le murmure.

Amant d'Algonde, époux encor plus cher,

17

Il offre alors à l'ivresse publique
L'armure prise au fourbe Clodoër ;
Eh quelle énigme un tel trophée explique !
Des cris nombreux frappent les longs échos,
Les vieux soldats près du guerrier se pressent,
Les étendards s'agitent et s'abaissent,
Pour saluer cet aimable héros,
Qui rétablit Algonde sur le trône.
Digne à jamais du rang qu'elle a conquis,
Elle a su vaincre, ainsi que *Talestris* ;
Un nouveau prix convient à l'Amazone :
Parmi les flots de ce peuple enchanté,
Le Damoisel, au front de la beauté,
Du roi d'Artois attache la couronne ;
Sa tendre amie en échange lui donne
Un doux baiser, elle y joint le laurier,
Prix toujours cher au brave chevalier.

Embrassons-nous, mes voisins, mes voisines,
Qui, tous les soirs, près d'un foyer brillant
Vous amusiez de mes œuvres badines ;
L'hiver finit, il a passé gaiement.

Vous le voyez, on peut à la campagne
Bien employer ses heures de loisirs ;
La solitude offre encor des plaisirs :
Ils sont bien purs, la paix les accompagne.

Ah ! les plaisirs, qu'on achète à grand prix
Dans ce chaos que l'on nomme Paris,
Tels vifs que soient leurs attraits, leur durée,
Ne valent pas une douce soirée
D'un vieux Manoir, où, nouvel Amadis,
Monfort apprend *comme on aimait jadis.*

FIN.

NOTES
Du Premier Chant.

I.

» Lorsqu'à Paris des orateurs fougueux....

Camille des Moulins fut le premier moteur des ralliemens ; monté sur un banc au Palais-Royal, il engageait le peuple à se révolter. Cet homme plein de talent avait composé un an auparavant une pièce de vers qui respire toute la verve de Juvénal ; elle est consignée dans les mémoires secrets de Bachaumont.

II.

» Ne craignez pas qu'imitant *Artamène*,
» Ou *Cléopâtre* ou *Cyrus*......

Romans, où les héroïnes sont des prudes et les hommes des modèles de constance et d'amour très-respectueux ; ces romans obtinrent un grand succès sous le règne de Louis XIV. Je ne parle pas des romans nombreux qui paraissent à présent toutes les semaines, dont les épisodes sont parfois très-érotiques et qui abondent dans les cabinets de lecture et dans la loge des portiers.

III.

» Comme depuis plus d'un monarque a fait....

La chasse était le grand plaisir des Rois, on peut en juger par la liste des cerfs et des chevreuils que plusieurs ont tué et qu'ils consignaient soigneusement sur un album, et dont feu le roi de Naples tenait registre comme du produit de sa pêche [1].

IV.

» On appelait ce droit, droit de Jambage......

Ce droit était établi principalement en Picardie ; il était rudement féodal ! car il autorisait les seigneurs d'alors de passer la première nuit des noces avec la mariée, quand elle était sa vassale, tandis que le mari montait la garde à la porte du château ; ce droit fut converti depuis en redevances que l'on payait en denrées. L'époux donnait à son seigneur des volailles et des lapins ; ce qui était un peu plus doux que de céder la virginité de sa femme, et qui, du moins ne compromettait pas la légitimité de la progéniture.

V.

» Ainsi le bon Henri,
» Vers Lieursain fut trouvé par Sully....

J'ignore si ce trait de la vie d'Henri IV est vrai ; mais je remercie *Collé* d'en avoir fait une pièce charmante, ainsi que *Sédaine* d'en avoir fait un opéra comique que *Monsigni* a paré d'une musique gracieuse et que le plus aimable des acteurs, *Ellevion*, n'a pas dédaigné de chanter avec un grand charme.

[1] Voyage en Sicile et à Naples de Corani.

VI.

» Quoique un sénat qui nous fit bien du mal,
» Ait à la fonte envoyé ton cheval,
» Et ta statue...

Lors du décret qui donna une si funeste latitude au Vandalis-
me, et qui ordonnait d'abattre les statues des rois dans toutes
les villes de France, on hésita de proscrire la statue d'Henri IV
qui était sur le Pont-Neuf ; un député eut le courage de s'opposer à cette destruction ; mais plus tard, ce monument cher à
tous les bons Français, fut détruit comme les autres et fondu
pour faire des canons et des obus conjointement avec les cloches des églises.

VII.

» Bon chevalier qu'ici l'amour amène....

Cette romance et les détails qui la précèdent sont de l'auteur
Espagnol, excepté quelques nuances sur la distribution de l'appartement et des meubles que j'ai composées en sortant de la
maison d'une des femmes les plus élégantes et les plus aimables
de la Capitale.

VIII.

» Fais pour Algonde en cette occasion,
» Ce que jadis a fait Endimion....

La comtesse de Flandre fait avec Monfort les mêmes condi_

tions que Diane fit avec le pasteur d'Héraclée. Tous ceux qui ont lu la Mythologie savent que la sœur d'Apollon se chargea d'éclairer la terre pendant la nuit, tandis que son frère se reposerait des fatigues du jour. Diane eut le privilége d'éclairer la terre en parcourant la voûte azurée sur un char trainé par des coursiers noirs et blancs ; mais chaque nuit, elle s'arrêtait sur le mont *Lathena* où se trouvait *Endimion*, entre les bras duquel, oubliant la sévérité de ses principes, la déesse de la pudeur fit incognito cinquante enfans, s'il faut en croire *Pausanias.*

IX.

Mais Phobœtor par un aimable songe....

Phobœtor, dieu des aimables songes qui sortaient par la porte d'ivoire. C'est ce doux rêve que fait ordinairement une jeune vierge la veille de son mariage qui lui fait envisager le sacrement comme le lien du bonheur, et tel que le poète *Saadi* l'a dépeint ; car il l'appelle la *lune de miel,* mais seulement le premier mois.

FIN DES NOTES DU PREMIER CHANT.

ww

NOTES

Du Second Chant.

I.

» Amant, poète, il chante une romance...

La romance est le genre de poésie le plus ancien ; plusieurs romances historiques nous ont fait connaître des anecdotes touchantes du vieux tems. *Berquin*, *Florian*, *Hoffman*, en ont composé de fort jolies ; et de nos jours d'aimables auteurs associant leurs lyres à celles de *Boïeldieu*, de *Bonchamp* et de *Plantade*, nous ont procuré le plaisir d'en entendre de charmantes dans tous les concerts et les cercles de la haute société.

II.

» Le bon Victor au château de Ripaille...

L'histoire nous a transmis les noms de plusieurs monarques qui ont quitté le trône pour jouir des douceurs de la vie privée. Après avoir gouverné l'Empire Romain, *Dioclétien* se retira à Salone pour y cultiver son jardin ; le roi de Castille, *Charles-Quint* se fit moine, n'ayant d'autre distraction que de faire élever son mausolée ; *Victor Amédée* roi de Sardaigne, abdiqua de même pour se retirer au château de Ripaille, et fut je crois, le

plus heureux, car il y faisait fort bonne chair, grâce à douze
cuisiniers émérites.

III.

» Comme jadis l'étonnant Saint Aldhème....

Saint Aldhème est un des plus admirables modèles de continence que l'on puisse citer ; il avait pour habitude de coucher
entre deux très-jolies filles et leur disait : « Je veux savoir si
» vous serez entre les mains de Satan un instrument assez fort
» pour me faire succomber. » J'ignore si ces jeunes filles firent
vis-à-vis de ce singulier moine les mêmes tentatives qu'une
courtisane grecque employa sur un philosophe Stoïcien ; mais
la légende dit que, nouveau Joseph, Aldhème résista à toutes
les séductions de ces Laïs et que pour ne pas succomber, il allait
se rouler dans la neige par un froid de quatorze degrés, moyen
sûr de calmer les feux de la concupiscence.

IV.

» Mes amis,

» Sire Roger arrive en ce pays....

Cette harangue est dans le genre de celle que le fameux Camille des Moulins, surnommé le Procureur Général de la lanterne, prononça en 1789, huché sur un banc au Palais Royal ; il
était un des principaux membres du clube des Cordeliers, qui
a cessé d'exister à la mort de son président le fameux *Danton,*
un des Hercules de la Révolution, qui semblable alors au fils de
Saturne dévora presque tous ses enfans.

V.

» De Saint Jean Goud la paisible bannière...

Saint Jean Goud était fort révéré en Picardie, comme protecteur des maris et grand ennemi du cocuage. Probablement il avait tonné fortement contre le droit affreux que Roricon avait établi dans son royaume ; et par reconnaissance les Picards lui érigèrent une chapelle. *Dorat* a fait un fort joli conte de cette anecdote sous le titre de l'*Hermitage de Beauvais*.

VI.

» Des orateurs, très-grassement payés,

» Font circuler des mensonges, des fables....

Si on rappelait aux bons Parisiens la série de tous les contes et les mensonges qu'on leur a débités dans le commencement de la Révolution, entr'autres, que le faubourg Saint Antoine était miné jusqu'à Vincennes, et qu'on avait fait entrer des canons à Paris dans des bottes de foin ; les citadins hausseraient les épaules ; cependant ils sont toujours aussi crédules. Ah ! que Beaumarchais avait raison de faire dire à Bazile dans son barbier de Séville :... « Croyez qu'il n'y a pas de platitude, pas de conte » absurde qu'on ne fasse adopter aux oisifs d'une grande ville » en s'y prenant bien, et nous avons là dessus des gens d'une » adresse !... »

Cette espèce de gens existe encore ; on n'a qu'à lire certains journaux pour s'en convaincre.

VII.

» **Or ce présent était une ceinture...**

Un peu plus rassurante que celle dont les maris faisaient cadeau à leurs femmes en Italie et qui a fourni à *Piron* le sujet du conte de *la bougie de Noël*.

VIII.

» **Un mot de lui, son auguste présence...**

Personne n'ignore ce charmant mot d'Henri IV à ses soldats, lorsqu'il rentra dans Paris et qu'ils écartaient la foule : « Laissez » approcher ces bons Parisiens, ils sont affamés de voir un roi.»

Charles X en a dit un pareil à la restauration en 1814.

FIN DES NOTES DU SECOND CHANT.

NOTES

Du troisième Chant.

I.

« La jeune Sulamite
» Crie au chaton : ne me violez pas...

La Sulamite et le Chaton sont les principaux personnages du Cantique des Cantiques, dont je pourrais citer des phrases assez singulières ; je m'en abstiens par respect pour l'épigraphe de ma Nouvelle :

« *Major è longinquo reverentia.* »

II.

» Les Amadis, hélas ! il n'en est plus....

On ne les retrouve que dans les anciens fabliaux. M. le comte de Tressan en a rajeuni un, dont le principal personnage est un modèle de constance ; c'est le plus langoureux des Céladons ! Il a mis en opposition un Galaor, que l'on croirait un des plus aimables roués du dernier siècle, et dont les femmes raffolaient à l'époque où ce charmant fabliau a paru, comme du *Petit Jean de Saintré*, qui, je crois, a fourni à Beaumarchais l'original de son *Chérubin* dans les noces de Figaro.

III.

» Et l'on finit par un grand bal masqué...

Peut-être ce genre de déguisement paraîtra-t-il un peu précoce. Les bals masqués ne furent connus que sous Charles VI et tout le monde sait combien le déguisement qu'il avait adopté pour une fête lui fut funeste.

IV.

» C'est un *Genlis* digne appui de son maître...

Cette famille très-ancienne 'est originaire de Picardie; le marquis de *Genlis* fut un des hommes les plus admirables du du dernier siècle; on l'appelait avec raison l'Alcibiade français.

V.

» Paix, Chut, ne parlez pas.....

L'auteur suivra le conseil.....

VI.

» S'il eut alors exigé de sa belle
» De soulever ce masque trop discret...

Le masque fut de tout tems une barrière respectée, et que

l'amant le plus jaloux ne se serait jamais permis de soulever sans s'exposer à un duel, comme il arriva à un grand seigneur de la Cour de Louis XV, qui fut obligé de se battre avec le mari d'une dame, pour s'être permis cette inconvenance.

FIN DES NOTES DU TROISIÈME CHANT.

NOTES
Du quatrième Chant.

I.

» Dans Israël voyez d'abord Dina ,
» Qu'un roi puissant à peu près viola....

Dina jeune et belle Israélite fut enlevée par *Sichem* , roi de Salem. *Simon* et *Levi* , frères de Dina , la vengèrent en tuant tous les habitans et le souverain. Aussi lorsqu'on m'exalte beaucoup les mœurs de l'ancien tems ; je pense à *Caïn* et je suis tenté de répondre ces vers d'Horace :

» *Ætas parentum pejor avis , tulit*
» *Nos nequiores , mox daturos*
» *Progeniem vitiosiorem.*

Ode 6. livre 3.

II.

» Songez à Troye , aux rives du Scamandre ,
» Où trente rois réduisent tout en cendre...

L'immortel ouvrage d'Homère , l'Iliade , a donné un grand relief à cette guerre des souverains de l'Attique. Tant de souverains ligués pour punir un berger qui fut trop galant! on croit voir une moitié des habitans du globe se réunir pour écraser l'autre ; mais quels souverains! prenez la carte et l'on verra que le plus célèbre régnait snr un pays moins grand qu'une de nos provinces ; sans la lyre d'Homère , *Achille* et *Aga-memnon* seraient à peine connus. L'Iliade leur a donné l'immortalité.

III.

» Voyez dans la Castille,.

» Ce que coûta la précieuse fleur......

Rodrigue, roi d'Espagne, viola la fille du comte Julien , qui, pour se venger, appela les Maures en Espagne. Cette guerre fut une des plus sanglantes dont les annales de l'histoire fassent mention.

IV.

» Rappelez-vous la guerre de la fronde....

Voltaire , dit avec raison , que cette guerre de la fronde fut aussi ridicule que celle des Barberins. Les Parisiens sortaient pour se battre , parés de plumes et de rubans , et leurs évolutions étaient le sujet des plaisanteries des gens du métier. Le régiment de Corinthe ayant été complètement battu , on appela cette échec : *la première aux Corinthiens.*

Ce fut dans cette guerre que commença à se déployer cet esprit jovial et plaisamment épigrammatique de la Nation Française ; on se battit plus avec des couplets et des bons mots qu'avec des fusils. La Nation Française cessa de chanter après la première année de la Révolution ; au fameux air: *ça ira, ça ira,* succéda la Marseillaise, beaucoup moins gaie que la chanson précédente : elle rappelle de longs malheurs.

18

V.

» On va couper les mais qui sont en place....

On a fait de même la première année de la Révolution. Ces arbres plantés aux grilles des châteaux sentaient trop la féodalité ; on les a remplacés par des arbres de la liberté, dont les trois quarts sont morts, et le peu qu'il en reste dans les villes, semble dire... « Puisque nous sommes l'emblême de la liberté, par » grâce, donnez nous un peu de soleil ! »

VI.

» Avec respect descendre votre châsse,
» O Geneviève !...

Cette superbe châsse que l'on prétend être l'ouvrage de Saint Eloi, a été brisée par Chaumette en 1792, et les débris ont été envoyés à la monnaie comme tant d'autres.

VII.

La pauvrette
» En ce moment imite Nicolette....

C'est l'héroïne principale du Fabliau d'Ancassin que feu Sédaine a mis en scène et où madame *du Gazon* était admirable. *Grétri* composa la partition de cet opéra dont la musique a une teinte de gothicité parfaitement analogue au siècle, comme dans *Guillaume Tell* où la scène se passe en Suisse. La musique de cet opéra a si bien la teinte du pays, qu'aux dernières répétitions, madame *du Gazon* dit à *Grétri* ce mot charmant :

» Mon ami , votre musique sent le serpolet !... »
Il n'y a pas d'éloge qui vaille ce mot là.

VIII.

Nous dirons comme le chancelier de L'Hopital...

A l'époque de la Saint-Barthelemy : *excidat illa dies !*

IX.

» Et dans la nuit, il part avec prudence.
» Pour se livrer lui-même à son rival...

Implorer le secours d'un souverain quand on est monarque
et dans le malheur, ne fut jamais un motif pour le toucher; on
en a vu des exemples dans tous les tems. La politique ne calcule
que son avantage, et le cri de l'intérêt personnel est encore plus
écouté que celui du cœur. *Annibal* fut livré par *Prusias* roi de
Bithinie à qui il avait demandé un asile ; et dans les tems plus
modernes, le roi *Richard*, surnommé Cœur-de-Lion, ne fut-il
pas arrêté par l'*Empereur d'Autriche* au retour de la croisade et
renfermé dans la forteresse de Lintz. J'en reste là de mes cita-
tions; l'histoire peut y suppléer.

FIN DES NOTES DU QUATRIÈME CHANT.

NOTES
Du cinquième Chant.

I.

» Les *Saint Quentin*, les *Monsures*, *Dailli...*

Noms de plusieurs familles de Picardie qui ont toujours été honorées par ceux qui les portaient. La branche des *Monsures* est une des plus anciennes de la province ; un des preux de cette famille se distingua à la croisade sous Louis IX ; un de ses successeurs ayant été choisi par un de nos souverains pour être son témoin dans un combat particulier, il lui écrivit un billet pour l'inviter à lui donner cette marque d'amitié; ce loyal chevalier n'écrivit au bas du billet que ces deux mots, *j'y serai*, et signa son nom. Cette réponse laconique fut depuis la divise que les Monsures portèrent dans leurs armes; aussi les a-t-on toujours vus partout où il y avait une occasion d'acquérir de la gloire.

II.

» Monfort remet au sire de *Cléri*
» Un étendard...

Il existait en 1810 un descendant de cette famille que l'on

pouvait regarder comme un des plus braves et des meilleurs officiers de l'armée française. Il avait fait toutes les campagnes d'Hanovre ; porte étendard dans un des corps de l'armée de Condé à l'affaire de Berkeim , il eut un cheval tué sous lui ; poursuivi par l'ennemi et plus occupé de sauver son étendard que sa vie , il se coucha dessus , le couvrit de son corps et n'offrit que sa poitrine aux hussards qui l'entouraient en lui criant de se rendre ; jusqu'à ce que des cavaliers de son régiment vinssent le délivrer ; j'ai eu l'avantage de voir ce militaire et j'ai cru voir Bayard.

III.

» Le vieux *Guiri* connu par sa vaillance
» Ce protecteur de l'antique Vulxin...

La famille de *Guiri* est une des plus anciennes de la France. J'ai eu en main sa généalogie non apocriphe , qui remonte à 515 sous le règne de Chilpéric Ier, dont un Guiri fut chambellan. La terre patrimoniale de cette famille est entre Pontoise et Magny, en Vulxin, depuis Vexin Français. M. le marquis de Guiri était grand bailli d'Epée de la province à l'époque de la Révolution.

IV.

» A la recousse est le cri général...

C'était le cri de guerre ; il devint la devise du sire de *Montoison* de la maison de Clermont en Dauphiné , à qui le roi Charles VIII cria à la bataille de Fournoue : *à la recousse, Montoison !* ce mot voulait dire , retournons à la charge.

V.

» De l'orgue ancien les sons majestueux...

Je fais un anachronisme, je le sais, car je cite l'orgue à une époque où il n'était pas encore connu, puisque le premier orgue fut envoyé en France en 750 par *Constantin Copronyme* qui en fit présent à *Pepin le Bref*, et que ce monarque fit placer dans l'église de Saint Corneille à Compiègne ; ce qui a pu m'introduire en erreur, ce sont deux tableaux que j'ai vus jadis, où Sainte Cécile, (martyrisée sous un empereur romain), est représentée dans un des tableaux, touchant de l'orgue, et dans l'autre, jouant sur la viole d'amour une sonate en *ut* mineur.

VI.

» Et des horreurs, que l'anarchie entraîne,

» Un *Te Deum* éteint le souvenir...

De toutes les hymnes, le *Te Deum* est celle que j'entends avec le plus d'émotion et de bonheur, elle est le gage de la paix générale ; tous les cœurs la chantent et toutes les voix se confondent pour rendre grâce à l'Eternel.

VII.

» C'est un Eunuque, un nouveau *Cambabus*...

Ce jeune seigneur était le favori d'Antiochus roi de Syrie. Chargé par ce dernier de conduire *Stratonice* son épouse au temple de Delphes, le favori s'étant aperçu que depuis quelque

tems, la reine le regardait avec une certaine bienveillance ;
pour résister dans le voyage à la tentation qu'une jeune et jolie
reine doit naturellement inspirer, *Cambabus* se traita comme
depuis *Fulbert* traita le sensible *Abeilard*. Après cet immense
sacrifice, il en déposa les pièces de conviction dans un petit
coffret de bois de cèdre hermétiquement fermé d'un cadenas,
qu'il remit à Antiochus avec la clef, en le priant de ne l'ouvrir
qu'à son retour. Il partit pour sa mission : on sent que le voyage
se passa fort chastement et qu'il n'y eut point d'épisode ; malgré les frais que fit *Stratonice* pour commencer le roman, *Cambabus* fut un nouveau *Joseph*. A son retour, *Stratonice* piquée de
la froideur et de la réserve de Cambabus, l'accuse d'avoir em-
ployé tous les moyens de la séduire et d'avoir profité de son
sommeil pour obtenir les dernières faveurs. Après une accusa-
tion semblable, un procès ne traîne pas en longueur ; le favori
fut condamné à mort. Au moment où l'on allait exécuter la sentence, Cambabus fit prier le roi d'ouvrir le petit coffre qu'il lui
avait remis avant son départ ; on y trouva la preuve patente de
la continence obligée du courtisan. Antiochus révoqua la sentence, mais il dépouilla ce favori de sa fortune, de ses places et
le bannit de son royaume ; il lui remit le petit coffret pour le
dédommager, en lui disant :

[1] « Va, sors de mes états, et jamais n'en approche,
» Mon très cher Cambabus, tu n'es plus de mon goût,
» Je veux un favori présentable partout ;
» Emporte, si tu veux, ton coffret dans ta poche. »

Ce fut toute sa pension de retraite.

---

[1] Ces quatre vers sont de Dorat dans le conte de Cambabus, imprimé
dans ses œuvres.

VIII.

« La cantine
» Qui me faisait dans mon ardent transport
» Un autre effet qu'à monsieur de Melfort...

Le duc de Melfort fut un des amans de la fameuse duchesse
de Berri fille du régent; c'est à lui qu'arriva cette anecdote de
la Poule au Riz, dont Cailli a composé le conte suivant en 1750.

LA POULE AU RIZ,

CONTE. 1750.

Une fringante et joyeuse duchesse,
Fatigue vingt chevaux par jour,
Courant, non les temples à messe,
Mais les chapelles de l'amour,
Dont cette fervente prêtresse
Dessert vingt autels tour à tour;
Bourguignon, son cocher, a du mal comme un fiacre,
Et comme un fiacre il jure, il sacre
Contre l'amour et ses autels,

Qu'il traite de lieux tels que tels.
Après avoir couru sans cesse
Le jeu, les boudoirs et le bal,
Toute une nuit de carnaval,
Par la neige et le froid, l'Altesse
Rentre enfin au Palais Royal,
Brûlante encor d'un feu lubrique.
Elle y trouve un billet pressant,
D'un style plus gai que décent,
Contenant ce gaillard distique :
« Chez Melfort, l'amour à Cypris
» Offre un cœur et la poule au riz. »
Des deux mots l'appétit la presse :
» Qu'on ne dételle point, qu'on laisse
» Mes chevaux.... » L'ordre à Bourguignon
Est donné de par son Altesse.
« Sacrédié, j'ai bien du guignon!... »
Dit le cocher, plein de colère ;
« Que son Altesse aille se faire.... »
Bourguignon a le verbe haut,
Au loin va retentir le mot,
Si dur dans sa bouche grossière,
Si doux dans l'amoureux mystère ;
Ce mot, d'un usage ordinaire
A son Altesse en ses ébats.
Elle l'entend, rit aux éclats :

« C'est justement là que je vas ;
» Bourguignon touche, et ventre à terre. »

Déjà les vigoureux coursiers
Bondissent, et des quatre pieds
Font jaillir le feu sur la neige ;
Bourguignon, du haut de son siége
Jure, éclabousse les passans,
Et rit de leurs cris maudissans.
Le char vole et l'Altesse arrive.
Il n'est besoin que je décrive,
Les apprêts du banquet exquis :
C'est l'amour qui l'offre à Cypris.
Les grâces, la délicatesse,
En font les honneurs et les frais,
Tout est digne de la déesse :
Salon bien chaud, nectar bien frais,
Couvert brillant, chaire divine,
Et pour raison que l'on devine,
Forces truffes dans tous les mets.
Au milieu de vingt plats domine,
Le succulent chapon au riz,
Doré par un jus de perdrix.
Melfort et Cypris tête-à-tête
Se suffirent pour cette fête ;
Ils sont à table, et le chapon
Sur lequel l'appétit prélude,

Est trouvé si juteux ! si bon !
Qu'on lui livre un choc assez rude.
Le Pomar, l'Aï, le Tokai,
Eveillent l'aimable saillie ;
Elle prend sa place au banquet
Entre Momus et la Folie.
Cette excellente compagnie
Est quittée enfin pour l'Amour,
Qui veut avoir aussi son tour
Et terminer la douce orgie.
De la table on passe au boudoir ;
La chair n'y sera de même,
Ce sera chair de carême,
Ce sera... rien... comme on va voir.
   Melfort loin de remplir l'espoir
De la voluptueuse Altesse,
Est de glace et dans sa détresse,
Il s'en prend à la poule au riz
Qui vient engourdir ses esprits.
Il est nul, on se désespère :
Ambre, pastilles, rien n'opère,
Pas même les soins de Cypris ;
L'enchantement est invincible,
Et toujours Melfort à grands cris,
De maudire la poule au riz.
Mais soudain, quel tapage horrible !
Les juremens de Bourguignon

Ebranlent toute la maison ;
On entend sa voix de tonnerre
Se mêler au cri des chevaux ,
Et sous leurs pieds trembler la terre.
La cour est pleine de badauds
Fort empressés pour ne rien faire.
Les amans courent au balcon :
« Qu'est-ce ? dit Melfort en colère....
» C'est le diable , dit Bourguignon ,
» Le diable de la paillardise
» Qui , nuit et jour me tyrannise
» Et me fait détester mon sort.
» Je ne sais quel est le butor
» Qui fait sortir de l'écurie ,
» Votre infernale jument pie ;
» Ribaude , toujours en chaleur,
» Elle a si fort mis en humeur
» Mes chevaux , qu'ils font peste et rage ;
» Ils ont brisé tout l'équipage ,
» Tenez , voyez-en les débris... » —
— » Donne leur de la poule au riz ,
Dit l'Altesse , éclatant de rire ,
» C'est le moyen de les réduire ;
» Donne leur de la poule au riz.»

FIN DES NOTES DU CINQUIÈME CHANT.

NOTES

Du sixième Chant.

I.

» O Jean Second il me faudrait ta lyre...

Jean Second, né à La Haye, orateur, sculpteur et poéte célèbre, fut moisonné à la fleur de l'âge; il est auteur d'un
poème des *Baisers*, mis en vers par *Dorat* et traduit en prose
par Mirabeau; il n'est resté de la traduction du premier que
les vignettes et les culs-de-lampe gravés par *Eisen*. Un anglais
qui avait acheté le volume, en coupa toutes les estampes, et
laissa le volume au libraire.

II.

» Et fait voler le voile qui la couvre...

J'ai déjà préparé par une note dans le premier chant le détail
de la toilette de la comtesse de Flandre qui, je l'avoue, était
un peu leste; pas de chemise! mais c'était l'usage du tems. Il
doit moins surprendre encore dans le siècle présent, où le costume des femmes est si aérien, qu'il frise presque la nudité, et
me rappelle celui des dames romaines dont parle *Varron* et *Pu-*
blius Sirius qui ont écrit que les vêtemens alors étaient du *verre*

filé et de l'*air tissu*. Les femmes d'aujourd'hui qui, dans la belle saison, ne portent que des robes de linon ou de gaze, sont plus prudentes : redoutant les orages et les torrens de pluie qui, en imbibant leurs vêtemens, trahiraient trop leurs formes; elles consultent le Thermomètre avant de sortir et ont soin de se munir du plaid écossais.

III.

» Vite reprend son habit de berger...

Autre anachronisme. Je présente mon Damoisel avec le costume juste de son rôle, et dans un tems où la rigueur des costumes pour le théâtre étaient ignorés. Et même ils ne furent perfectionnés que fort tard ; car je me rappelle d'avoir vu jouer dans mon enfance la tragédie avec le costume français : *Agamemnon* avait un habit de velours, sur lequel on attachait la cuirasse ; pour casque un chapeau à trois cornes avec des plumes rouges et des bas de la même couleur.

IV.

» Cœur féminin j'en ai l'expérience,
» Le matin boude et s'appaise le soir...

De tout tems, l'amour a éprouvé des vicissitudes ; Térence l'a dit en deux vers :

« *In amore plures sunt induciæ :*
» *Bellum, pax rursum.* »

FIN DES NOTES DU SIXIÈME CHANT.

NOTES
Du septième Chant.

I.

» Au fond du Perche il existe un couvent...

La Trappe, ce lieu n'était autrefois qu'un désert où se reti-
raient les hommes fatigués du monde ; l'abbé de Rancé y fonda
depuis, le couvent de la Trappe ; j'avoue que j'ai grandement
anticipé sur l'époque de ce pieux établissement, c'est la tristesse et la sauvagerie de ce séjour qui m'a décidé à le choisir
de préférence, six ou sept cents ans avant sa fondation. J'ai
pensé qu'un amant au désespoir y serait plus naturellement
placé ; j'espère que le lecteur daignera me pardonner cet anachronisme ; je réclame son indulgence pour tant d'autres dont
je m'avoue très-humblement coupable.

II.

» C'est un *Pacôme*, un *Arsène*, un *Gudule*...

Ces Saints peu célèbres dans la légende, furent les Anacho-
rètes dans toute l'étendue du terme. *Arsène* après avoir été précepteur de Théodose se retira dans le désert de *Scheté* ; *Pacôme*
dans la *Thébaïde* où il fonda une colonie de moines, moins

utiles pour les sciences que les Bénédictins auxquels la littéra-
ture doit de la réconnaissance ; ils avaient des bibliothèques
aussi bien meublées que leurs caves dont je me souviendrai toujours , surtout à l'abbaye de Saint Leu près de Chantilly.

III.

» Etre dévot si jeune, peut surprendre!
» On le devient quand on a l'âme tendre...

Nous en avons la preuve dans *Salomon*, *David* et *Saint Augus-
tin* qui aimèrent infiniment le beau sexe avant de se couvertir;
dans *Saint Jérôme* qui avait été fort galant auprés des dames
romaines ; enfin dans *Sainte Thérèse* dont l'amour divin pouvait
seul occuper le cœur, car elle disait en parlant de l'enfer : *ce lieu
qui pu & où l'on n'aime point*. Si elle était aussi belle qu'elle
m'a paru l'être dans le portrait d'elle , fait par *Gérard*, je l'admire encore plus d'avoir été dévote.

IV.

» Ce Stanislas était charmant!...

La statue de ce saint est dans l'église des Jésuites à Rome. Le
président *du Pati* dans ses lettres sur l'Italie , nous assure que
la figure de ce saint est charmante , et que c'est devant elle que
les dévotes vont prier de préférence.

V.

» Et je crois bien que jadis la Valière...

De toutes les maîtresses de Louis XIV, madame de la Valière

est la **seule** qui l'aima véritablement. Lorsqu'elle fut quittée par ce monarque, Dieu seul occupa sa pensée. Madame de Genlis a fait son éloge, et c'est un de ses ouvrages le plus attachant.

VI.

. . . .

VII.

Et vous fille chérie
» **Du dieu** *Comus* **et rivale d'***Hygie*...

Quand on a lu l'almanach des gourmands de M. Grimod de la Regnière, on peut bien donner à la gourmandise l'épithète de rivale à la déesse qui présidait à la santé. *Lucullus* dans son sallon d'Apollon, et le fameux *Héliogabale* dans son palais, n'ont jamais donné un repas où l'on puisse citer des mets plus choisis que ceux dont l'almanach des gourmands donne la liste; des *filets de lotte*, des *quenelles aériennes*, et des *filets de barbue glacés au verd pré*..... Quelle succulente nomenclature! Ajoutez-y le *potage à la Camérani* et la *dinde aux truffes braisée*, et vous rendrez hommage à leurs précieux inventeurs qui auraient été sénateurs ou tétrarques d'Asie s'ils avaient vécu du tems de *Vitellius* et d'*Héliogabale*.

VIII.

» Toi qu'entre nous adorait Epicure,
» O volupté!...

Les casuistes sont convenus d'appeler luxure ce que les philo-

19

sophes grecs *Epicure* et *Xénocrate* appelaient vertu. C'était dans
la pratique des devoirs et de la sagesse qu'ils plaçaient le plaisir;
et leur morale n'était rien moins que ce dont les sévères mora-
listes les accusent. *Bayle* a défendu *Epicure*, et *Bayle* était savant, on peut s'en rapporter à lui; cependant comme je suis
tout bonnement gaulois, ou français, ou welche, car c'est
ainsi que Voltaire nous désigne, j'ai suivi l'opinion générale;
la volupté tente mon cénobite, comme jadis, dans le jardin
d'Eden, Satan tenta madame Eve, et par suite son très-faible
mari.

IX.

» Chantent en chœur : *Attollite portas...*

Rien n'est plus touchant que l'office des ténèbres dans la Se-
maine Sainte, lorsqu'il était chanté par des religieuses fort
jeunes et par d'innocentes pensionnaires. Lorsque je faisais mes
études, mon précepteur m'ayant mené à l'office au couvent de
Tresuel, je me rappelle d'y avoir entendu chanter une leçon
de Jérémie par une voix céleste, et je sentais que j'aurais aimé
celle qui la chantait avec toute l'ardeur d'un jeune adolescent,
dont le cœur commençait à s'épanouir. Malgré le rideau fermé
très-hermétiquement sur la grille et qui nous séparait, je me
persuadai que cette jeune personne était charmante, et je rê-
vai d'elle toute la nuit. *Rousseau* dans ses confessions raconte
une scène à peu près pareille qui lui était arrivée en Italie;
mais son illusion ne dura guère, car ayant pu voir de près la
chanteuse, il la trouva fort laide; sa belle passion n'avait
duré que vingt quatre heures.

X.

> » Et la sensible et tendre Pélagie,
> » Depuis trois mois, dévote et repentie...

C'est le nom d'une sainte qui ne fut pas toujours très-sévère ; même je crois qu'elle fut courtisane avant de se convertir. C'est sous son patronage qu'il existait jadis un couvent où, pour un certain tems, on renfermait les filles de joie ; mais les priviléges et les prières de la patronne influaient si peu sur les mœurs de ces Laïs, qu'à peine sorties de cette prison de pénitence, elles y retournaient par sentence du Lieutenant Général de la Police. Horace avait bien raison de dire :

> « *Quo semel imbuta recens,*
> » *Servabit odorem, testa diu.* »

FIN DES NOTES DU SEPTIÈME CHANT.

NOTES
Du huitième Chant.

I.

» Dans ses deux mains le Béat tient sa bulle...

On déposait autrefois dans les cercueils des pièces justifica-
tives qui attestaient le bien que le défunt avait fait dans sa vie
et les vertus qui l'avaient honoré. Un titre semblable valait
bien les bagues et les anneaux qu'on laissait aux doigts des monarques avec leur sceptre en les soudant dans un cercueil de
plomb, et qui souvent ont servi de prétexte pour violer leurs
tombes, comme en 1794 dans l'abbaye de Saint Denis : les tom-
beaux furent pillés et détruits sous le fer des Vandales de cette
époque. M. le Noir, architecte, eut le courage d'en sauver
quelques-uns que l'on a revus depuis au Muséum rue des Augus-
tins ; mais on s'arrêtait de préférence devant ce groupe de
femmes qui était jadis dans l'église des Célestins : il représen-
tait originairement les trois Grâces, on en avait fait depuis les
trois Vertus Théologales.

II.

» Avec éclat ce saint réinstallé,
» Va reposer dans sa brillante boîte...

Il eut été à souhaiter dans les jours funestes de la révolution qu'on eût pû sauver quelques châsses. Plusieurs églises en possédaient de fort précieuses, mais elles ont passé en partie à l'hôtel de la Monnaie ; les autres fondues en lingots ont passé dans les poches de certains commissaires sans fortune à cette époque ; mais aujourd'hui riches propriétaires, et faisant même bâtir des églises pour faire oublier qu'ils en ont dévasté tant d'autres.

III.

> » Il gagne enfin la forêt des Ardennes...

Forêt consacrée par les enchantements des magiciens et des fées auxquels on croyait jadis. *Merlin*, *Urgande*, *Melusine*, en avaient fait une ménagerie infectée de bêtes féroces. Maintenant cette forêt et les environs ne recèlent plus que des moutons dont les gastronomes font grand cas ; ils valent bien les moutons d'*Eldorado* dont *Voltaire* parle dans *Candide*, et qui seraient bien précieux pour relever les finances de certains royaumes.

IV.

> » Dont les refreins sont un tantel gaillards,
> » Tels que jadis, en chantaient nos vieillards..,

Je me demande souvent ce qu'est devenue cette franche gaîté qui distinguait les vieillards que j'ai connus dans ma jeunesse et qui faisait pardonner la longueur des repas, car alors on passait les soirées à table. Le dessert était le moment des chansons de *Collé*, de *Piron* et de *Panard*, et je peux assurer que les refreins étaient plus agréables que les discussions politiques auxquelles on n'échappe plus, à moins d'aller dîner chez *Lointier* ou chez *Borel*.

V.

» Où le coucher? c'est fort embarrassant...

La question d'Elmonde à son mari est très-naturelle dans la bouche d'une femme ; la réponse de sire Olivier paraîtra sans doute fort singulière à ceux qui ne sont pas au fait des anciennes coutumes. Un chevalier demandait l'hospitalité dans une humble maison où il n'y avait qu'un lit, qui, probablement était toujours fort large ; on s'y établissait trois : l'étranger d'un côté, l'épouse de l'autre et le mari dans le milieu, et le trio dormait du paisible sommeil de l'innocence.

VI.

» Tel fut le vieillard de Livourne...

On est incertain si le Seigneur *Quinzica* qui a composé le *calendrier des vieillards* était de Livourne ou de Pise. Son calendrier est parvenu jusqu'à nous, grâce au bon La Fontaine ; mais les principes en sont si sévères, et d'une telle sobriété pour les jouissances conjugales, que je ne suppose pas que les femmes de nos jours en aient une édition dans leurs bibliothèques.

VII.

» Comme un certain monarque, qui l'eut dit ?
» Au seuil du temple il demeure interdit...

Ce monarque est Henri de Castille surnommé l'impuissant, qui, sentant qu'il ne pourrait remplir le devoir conjugal, la première nuit de son mariage, chargea son chambellan de le rem-

placer. Ce représentant du monarque se conduisit si admirablement que la Reine, instruite par la chronique de la nullité de
son mari, fut si agréablement surprise, qu'elle s'écria dans un
de ces moments où la vérité l'emporte :

» Vous, impuissant Seigneur! ah ! grands dieux, comme ils
mentent ! » Après plusieurs nuits heureuses, le chambellan fut
indiscret, le roi de Castille le chassa de sa Cour et il eut raison
pour peu qu'on ait du tact et de la politique, il ne faut jamais
faire son roi cocu ; vint-il vous en prier ?

VIII.

> » Ce qui par fois pique le plus les dames,
> » Soyez en sûr c'est le profond respect...

Dans un conte de la reine de Navarre, un page en traversant
un des appartemens de sa souveraine, dans les grandes cha-
leurs de l'été, l'aperçut endormie sur son lit et à peu près nue.
La continence d'un page n'est pas à l'épreuve de la tentation :
le jeune adolescent s'élance sur le lit, fourrage les appas de la
dame et va même fort loin. La dame feint de dormir et le laisse
faire ; au troisième assaut elle s'éveille et dit au jeune homme
avec le ton de dignité que les souveraines et toutes les femmes
savent si bien prendre en certaines occasions.

« Insolent ! qui vous a fait si hardi de... » « Madame, reprend
» le page tout honteux, m'ordonnez-vous de m'éloigner? »
— Ce n'est pas cela que je vous dis ; qui vous a fait si hardi? La
dame ne put achever la phrase, parce que le page persuadé
que lorsqu'on a commencé à se rendre coupable, autant vaut
continuer de l'être, le page acheva de prolonger ses torts. Suivant la chronique, ils lui portèrent bonheur; car la souveraine

qui ne voulait dans sa Cour que des nobles ayant fait leurs
preuves, fut si flattée de celles que l'adolescent avait si brillamment multipliées, qu'elle le fit son chambellan, afin d'avoir
sous sa main un homme sûr, et qui fut en état de causer avec
elle lorsqu'elle s'ennuierait, ce qui peut arriver, même à la
Cour.

FIN DES NOTES DU HUITIÈME CHANT.

NOTES

Du neuvième Chant.

I.

» De Parséïs, Lisbonne est la patrie...

Les Portugaises passent pour être les femmes les plus sensibles et les plus tendres; on peut en juger en lisant les lettres d'une chanoinesse portugaise qui, pour la sensibilité, l'abandon et le délire, peuvent être placées à côté des lettres d'Héloïse, et que Dorat a mis en vers avec assez de bonheur.

II.

» Et fuit loin d'elle ainsi qu'Hermaphrodite...

Hermaphrodite était un fort beau jeune homme qui se baignait souvent dans la fontaine d'Halicarnasse; la nymphe Salmacis en devint éperduement amoureuse, et ne manquait pas de se baigner dans la même fontaine les jours où le jeune berger avait l'habitude de s'y rendre, et lui fit certaines avances; mais le berger, extrèmement pudique, repoussa les faveurs de la nymphe qui lui fit les plus tendres reproches; il persista dans sa continence. Salmacis feignit de s'éloigner et se cacha sous des roseaux, mais à peine Hermaphrodite se fut élancé

dans les flots, elle reparut ivre d'amour, enveloppa dans ses
bras Hermaphrodite qui voulut en vain s'échapper.

« *Denique luctantem tenet, elabi que volentem,*
» *Implicat ut serpens quem regia sustinet ales.*

Ovide.

III.

» On préparait la fête de la rose...

La véritable dénomination de cette fête était la *Baillée des
roses,* qu'il était impossible de placer dans mes vers. Ce droit est
fort ancien et fut même renouvelé dans les pairies du ressort
du Parlement de Paris. On choisissait un jour de grande audience à la grande chambre ; un pair qui présentait les roses
en faisait joncher dans toute la salle et donnait un repas splen-
dide, où les conseillers et le président recevaient une rose
qu'ils plaçaient sur leur bonnet quarré et qui leur donnait l'air
de *Colins* de l'Opéra Comique.

IV.

» Le menuet que l'usage a proscrit,
» Quoique *Marcel* lui trouva tant d'esprit...

Marcel, célèbre danseur de l'opéra, regardait cette danse
comme le chef-d'œuvre du génie, et toujours dans l'extase
quand il la voyait danser à la Cour ; il s'écriait :.. que de cho-
ses dans un menuet ! Cette danse si exaltée jadis, et qui faisait partie de l'éducation, a été évincée dans le siècle des lumières et remplacée par la Walse et la Galope un peu plus
animée que la danse favorite de feu *Marcel*, enterrée avec lui,
comme la *Sarabande*, la *Courante* et la *Gavotte*.

V.

» Tels qu'en peignaient et *Tenière* et *Watcau*...

Deux peintres qui représentaient de préférence les fêtes de village. Les tableaux du premier seront constamment recherchés ; ceux du second n'ont plus de vogue , de même que ceux de *Boucher* que les amateurs n'achètent plus, quoique mis au rabais dans les ventes de l'hôtel de Bullion,

VI.

» Une magicienne
» De Parséïs adoucira la peine...

Les philtres et les boires amoureux jouent un grand rôle dans les romans de chevalerie ; ils étaient même sollicités du tems d'Horace : la magicienne *Canidie* en a fourni considérablement aux dames Romaines , surtout à l'époque des fêtes de la bonne déesse.

VII.

» Mais sans succès , tel que le duc de Gèvres...

On peut lire les pièces du procès dans deux volumes imprimés à Roterdam , chez *Reimer Leers*.

VIII.

» Au Ciel Phœbé jette trop de lumière...

Diane était la patronne des enchanteurs et des magiciens ;

à Rome elle n'était connue par eux que sous le nom d'*Hécate*,
et j'ai toujours été surpris que la déesse de la chasteté protégeat les matronnes qui conspiraient contre elle ; c'est une inconséquence de la mythologie payenne où les Dieux n'étaient
pas toujours placés dans la hiérarchie de leurs priviléges. *Mercure* était regardé comme le dieu l'éloquence ; on lui avait adjugé le patronnage des voleurs. *Junon*, reine de l'Olympe,
devait par son rang, s'occuper du bonheur des mortels ; il est
difficile de trouver une femme plus méchante et plus jalouse.
Minerve, déesse de la sagesse, se serait humanisée, si le berger
Pâris lui eut adjugé la pomme. *Bacchus*, législateur de l'Inde
était toujours ivre. *Neptune*, dieu des mers, était prodigue de
tempêtes, il en accordait à tort et à travers aux déesses qui lui
en demandaient, (à ce que dit *Leucide*) ; d'où je conclus que
Socrate, *Platon*, *Horace*, et *Lucrèce*, sont excusables d'avoir
été philosophes et de n'avoir pas toujours parlé des dieux avec
plus de respect, et je conçois que *Claudien*, partageant leur
opinion, ait composé les vers suivants.

> » *Sœpe mihi dubiam traxit sententiam :*
> » *Curarent superi terras, an nullus inest*
> » *Rector, et incerto fluerint mortalia casu....*

FIN DES NOTES DU NEUVIÈME CHANT.

NOTES
Du dixième Chant.

I.

» La femme d'Odenat
» Seule, aux Romains sut livrer le combat...

Zénobie reine de Palmyre, combattit l'empereur *Aurélien*, près d'Antioche, commandant elle-même son armée, elle eut d'abord l'avantage ; mais vaincue, plus tard, elle se retira dans la ville de Palmyre où elle fut assiégée et se défendit avec le courage d'un lion. Voyant qu'il était impossible de résister et craignant d'être prise, elle sortit secrètement de la ville ; Aurélien la fit poursuivre, on l'atteignit comme elle allait passer l'Euphrate, les soldats demandèrent sa mort, Aurélien la réserva pour son triomphe qui fut sa perte.

II.

» Torfœus dit que la fière Vanda...

Vanda reine des Sarmates, commandait elle même son armée contre *Ritagore* qu'elle battit. *Ritagore* était fort amoureux de cette reine, mais d'une manière si ridicule que je lui ai laissé l'épithète que lui donna l'histoire. *Vanda* ayant méprisé l'amour de ce souverain, il lui déclara la guerre ; mais il ne fut pas plus heureux par ses armes que par ses soupirs. *Ritagore* fut vaincu, prit la fuite et se tua de désespoir; *Vanda* qui avait sacrifié aux dieux sa virginité, se précipita dans la *Dubna* pour ne donner son pucelage à personne.

III.

» Le dur Odin le chef des Scandinaves...

Odin, roi de la Scandinavie, aujourd'hui le Danemark, fit la conquête du nord aidé du génie de la belle *Fregga* son épouse; il fut législateur dans le genre de Mahomet; le plaisir et la volupté embellissaient beaucoup l'avenir qu'il promettait à ses soldats après la mort; ils devaient boire sans cesse de l'hydromel dans des coupes d'or et s'énivrer des délices de la volupté, dans les bras des belles Valkiries qui étaient les vierges de son Paradis qu'il appelait le Vahala. On concevra aisément que ses troupes fussent intrépides, il est consolant de se faire tuer quand on a la perspective de revivre éternellement dans les bras d'une belle et qu'on a la liberté de choisir.

IV.

» Je peux citer la reine Marguerite...

Marguerite femme de Henri VII, une des femmes les plus étonnantes de ce siècle et qui balança long-tems les succès de la faction d'York. Elle combattit elle-même en personne l'usurpateur du trône d'Angleterre et remporta plusieurs victoires signalées; mais enfin la fortune l'abandonna dans les plaines de *Brandheal:* obligée de s'enfuir en France elle demanda des secours à Louis XI qui ne lui en donna point. La politique de ce prince tenait beaucoup du Machiavelisme : *promettre et ne pas tenir.*

V.

» Dans cette coupe où le fer seul étale,
» Le luxe Goth, je veux boire son sang...

Les Scandinaves, les Goths et les Teutons buvaient le sang de
l'ennemi qu'ils avaient vaincu, dans leur crâne dont ils se ser-
vaient en place de coupe ; cet exemple leur avait été donné par
Odin leur premier législateur. J'ai vu à Paris en 1815 les descendans de ce peuple, les Russes, dont les mœurs et les habi-
tudes étaient plus douces, leur grand plaisir était de sucer des
bâtons de sucre d'orge dont ils faisaient une grande consom-
mation.

VI.

» Dans un palais où le fer tient lieu d'or,
» Devant *Odin* est l'image de Thor...

Thor, dieu qui lance le tonnerre et le plus redoutable de
tous, son palais, appelé en langue runique, *asile de la terreur;*
il y avait cinq cent quarante salles dans le palais de ce dieu,
une des salles renfermait ses joyaux, sa massue, le baudrier de
vaillance et les gantelets sans lesquels il ne pouvait prendre sa
massue ; les autres salles étaient pleines d'armes, c'était un véritable arsenal.

VII.

Sur leurs pas,
» On voit marcher trois cents vierges charmantes...

Les vierges de Fregga et qui se consacraient à son culte, elles

étaient toujours d'une famille noble comme les Vestales de
Rome et s'appelaient les Walkiries.

VIII.

Harindal sur l'autel

» Verse l'encens et les flots d'Hydromel...

Cette liqueur était tout simplement du lait du cavale qu'on
laissait fermenter, les Russes ont trouvé en 1815 que nos vins
de Champagne et de Bordeaux valaient beaucoup mieux que
la liqueur favorite de leur ancien législateur ; aussi quels as-
sauts ils ont donné à nos caves !

IX.

» Et par *Villars* Eugène fut battu...

Lorsque milord d'*Albermale* eut brûlé les magazins d'Arras,
et que le prince *Euyène* eut pris le Quesnoi, le maréchal de
Villars hésitant de l'attaquer, Louis XIV lui écrivit la lettre
suivante :

Monsieur le Maréchal,

« Je vous ordonne d'attaquer, si la bataille est perdue, vous
» n'en ferez part qu'à moi seul, je traverserai Paris, votre lettre
» à la main, je vous mènerai quatre cent mille hommes et je
» m'ensevelirai sous les débris de la Monarchie. »

Comme ce prince connaissait bien la nation qu'il gouvernait !
cette époque est à mes yeux, celle où accablé de revers, Louis
XIV se montre le plus digne du surnom de *Grand !*

X.

» Que ne fait pas l'amour de la patrie !...

Ce vers et les précédents me furent inspirés en 1789, lors de la première année de la Révolution, où tous les cœurs ouverts à l'espérance, ne calculèrent ni les efforts, ni les sacrifices : argent, bijoux, contrats, tout fut offert d'un accord unanime par le riche comme par le plus modeste artisan.

IX

» Quitter Paris pour suivre Richelieu...

Le maréchal de Richelieu fut un des plus braves seigneurs de la Cour de Louis XV, et sans contredit l'homme le plus aimable ; alliant ensemble l'amour de la gloire et le goût des plaisirs. Tout le monde sait avec quelle bravoure il enleva *Mahon* aux Anglais, malgré les intrigues de madame de Pompadour qui fit l'impossible pour faire manquer l'expédition. La nouvelle du succès déconcerta tous les courtisans de la clique de la favorite, qui, forcée elle même de convenir du talent de ce général, ne l'appelait plus à son retour que son *cher Minorquin*, quoiqu'elle eut fait tout ce qui était en son pouvoir pour le perdre.

XII.

» J'ai vu plus tard un homme de génie...

On devinera facilement ce nouveau César, qui, sans la funeste expédition de Moscou serait peut-être aujourd'hui le premier

20

monarque de l'Europe. Sa statue est sur la colonne de la place de Vendôme, on peut y ajouter : *Ubique famus.*

FIN DES NOTES DU DIXIÈME CHANT.

NOTES
Du onzième Chant

I.

» Colin l'a dit : sur terre, au ciel tout change...

Colin d'Harleville dans sa comédie de l'inconstant a fait un tableau de l'inconstance en vers charmans, et je crois faire plaisir à mes lecteurs en les transcrivant ici.

« La constance n'est pas la vertu d'un mortel,
» Et pour être constant, il faut être éternel ;
» D'ailleurs, quand on y songe, il serait fort étrange
» Qu'il fut seul immmortel : autour de lui tout
                                        change.
» La terre se dépouille et bientôt reverdit,
» La lune tous les mois, décroît et s'arrondit ;
» Que dis-je, en moins d'un jour, tour-à-tour on
                                        essuie
» Et le froid et le chaud, et le vent et la pluie ;
» Tout passe, tout finit, tout s'efface en un mot,
» Tout change, changeons donc puisque c'est notre
                                        lot. »

II.

» Tel fut Achille dans Scyros...

Achille déguisé en femme , vivait obscur à la Cour de Laomédon , lorsque *Ulysse* soupçonnant que le jeune homme qu'il cherchait vivait oublié dans la Cour de ce monarque , s'y présenta sous le costume d'un marchand de pierreries ; toutes les femmes s'empressèrent de lui faire ouvrir le coffre qui les renfermait. Ulysse y avait caché des armes, persuadé qu'à leur vue, Achille trahirait son sexe ; ce qu'il avait prévu arriva : Achille apercevant une épée, s'en saisit ; alors Ulysse lui fit connaître les grandes destinées auxquelles le sort l'appelait. Achille abandonna la Cour de Laomédon et Deidamie et partit pour la guerre de Troie, si admirablement décrite par Homère.

III.

» Au Paraclet se rend la voyageuse...

J'ai osé improviser ce monastère, comme j'ai improvisé celui de la Trappe ; la licence est du domaine de la poésie ; j'ai choisi le Paraclet de préférence, immortalisé par le séjour d'Abeilard et d'Héloïse ; pour être la retraite obligée de ma sensible Portugaise, et je sollicite l'indulgence du lecteur, qui, je l'espère daignera m'absoudre.

IV.

» Ou d'Abeilard l'amante généreuse...

Je ne peux que citer le vers suivant de Colardeau.

Couvre-moi de baisers, je rêverai le reste....

V.

» Du Paraclet la règle est peu sévère...

J'avoue encore cette licence de ma part et d'avoir fait du
Paraclet un couvent de chanoinesses où la clôture n'a jamais
été de rigueur: il y avait même jadis à Paris , quelques maisons
religieuses qui passaient pour des retraites infiniment douces
et où l'on pouvait jouir sans scandale de la liberté la plus entière et des agréments de la société. L'abbaye aux Bois en est
un exemple, car elle réunit un cercle de femmes très-aimables,
à la tête desquelles on peut placer la belle madame Récamier
et la très-spirituelle madame la comtesse d'Haupoul. Un des
chapitres du livre intitulé *les cent un*, écrit par la duchesse
d'Abrantès , en donne des détails beaucoup plus attachans que
ce que je pourrais dire , et faite regretter vivement de n'avoir
pas l'honneur d'être admis dans cette agréable réunion.

VI.

» Un des ayeux du tendre troubadour
» Qui, dans Provins...

Thibaut comte de Champagne fut long-tems amoureux de
Blanche de Castille, mais en vain ; les vers qu'il nous a laissés
prouvent qu'il aima sans espoir. Cette reine que l'histoire nous
a dépeint comme très-pieuse, était plus politique que sensible ;
elle ménageait le comte de Champagne dont elle avait besoin
pour maintenir les grands vassaux de cette province qui n'é-
taient pas toujours très-soumis pendant sa régence, et pour
que son très-humble soupirant fut retenu lui-même sous le joug
de l'obéissance et de la soumission.

X.

» Renouveler les filles de Silo,
» De Gelboé, de Maspha, de Mello...

Contrées de l'ancienne Palestine où les jeunes filles dansaient avec infiniment de grâce ; mais qui certainement ne valaient pas les *Julia*, les *Varin*, les *Taglioni*, qui ont fait oublier *Henel*, *Guimard* et toutes les virtuoses que j'ai applaudis
jadis lorsque j'avais 18 ans.

FIN DES NOTES DU ONZIÈME CHANT.

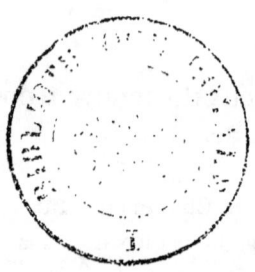

NOTES

Du douzième Chant.

I.

» Où Nicolet vengeur d'une héroïne
» Mit la Pucelle en grande pantomine...

Il m'a toujours paru humiliant pour la Nation Française qu'un homme de génie n'ait pas fait un poème héroïque sur la Pucelle d'Orléans qui sauva la France. Chapelain en avait fait un qui est tombé dans l'oubli ; Voltaire en a composé un, c'est l'ouvrage que je lui pardonne le moins, car il n'a fait que ridiculiser celle qui mérite notre admiration et notre reconnaissance. Heureusement M. Davrigni et un autre auteur ont mis cette héroïne sur la scène en lui rendant le juste hommage qu'elle mérite ; mais jusque là , elle n'avait paru que sur le théâtre de Nicolet, et représentée par madame son épouse qui m'a donné bonne opinion de la beauté de Jeanne d'Arc, celle qui était son double était charmante. J'espère que le célèbre Franconi la fera représenter quelque jour au cirque avec tous les accessoires et la pompe militaire que ce directeur entend si bien ; ce sera une œuvre véritablement patriotique.

II.

» Près de combattre, un paladin toujours,
» Du ciel propice implorait le secours...

Il était d'usage en effet qu'avant les tournois et les combats à outrance, tous les chevaliers se missent à genoux pour faire leur prière, ensuite ils baisaient le pommeau de leur épée qui était fait en forme de croix ; les anciennes chroniques rapportent la prière que la Hire adressait à l'Eternel en pareille occasion avant une bataille, elle est d'un laconisme fort singulier et retrace la franche bonhomie du vieux tems, la voici :

« Mon Dieu, je t'en prie, fais aujourd'hui pour la Hire ce » que je ferais pour toi si j'étais Dieu, et que tu fusses la Hire. »

« En avant, nous chasserons les Anglais. »

Et il tint parole.

FIN DES NOTES DU DOUZIÈME ET DERNIER CHANT.

ERRATUM.

Chant second ; note 5 ; au lieu Saint-Aldheme, *lisez* Saint-Ansbert.

www.ingramcontent.com/pod-product-compliance
Lightning Source LLC
Chambersburg PA
CBHW070204030726
47505CB00006B/1574